VAMPIRA

SER O NO SER, AQUEST ÉS EL DILEMA

GEMMA
PASQUAL
I ESCRIVÀ

jollibre

La mare em deia que, essent criatura,
va bressolar-me una dona de Llers.
Suau embruix que en mi encara perdura,
em prenc la vida com si fos en vers.

Temo la mort, incisiva cesura;
l'amor em sembla d'inútil esmerç.
Ai, a vegades la vida és molt dura,
ai, a vegades el ritme és advers.

L'alexandrí, que té corbes de sina
talment un dors sibil·lí de serpent;
l'hendecasíl·lab, que s'infla i declina

massa em són causa de goig i turment.
Els versos ragen a doll, perquè al caire
del cor batega una bruixa cantaire.

ENCANTERI *(Les bruixes de Llers),*
de Carles Fages de Climent

Al meu fill; sense ell no hauria estat possible
aquesta novel·la.
I a Bram Stoker, Anne Rice i Shakespeare,
per ser la meva inspiració.

El barri ha canviat, també la seva gent, i el carrer aquell que dóna entrada al Raval no sembla el mateix. Al bullici del nou segle s'han unit tots els mots de la torre de Babel. Els edificis, les llambordes, la terra que hi ha a sota, tot és amarat de la memòria dels individus que l'han trepitjat, de la gent que els ha habitat. Retornar als orígens potser em permetrà recobrar la meva identitat. Aquella que un dia vaig deixar oblidada entre la calç i la pintura d'un entresòl, en una habitació sense finestres de la casa dels horrors.

Ser o no ser, aquest va ser el dilema del poeta, i la meva gran qüestió. Cabussant-me en la meva llarga memòria, només aconsegueixo arribar al carrer de Ponent, 29. A penes recordo qui sóc i em costa reconèixer-me en el nom que m'ha acompanyat des de ben petita: Núria Estruc.

Dissabte, 10 de febrer de 1912
Carrer de Sant Vicenç
(barri del Raval, Barcelona)

Quan jo era petita, Barcelona s'anava ennegrint a mesura que el sol es perdia en l'horitzó. Aquell vespre, el carrer de Sant Vicenç es trobava gairebé a les fosques. Els vacil·lants llums del barri, alimentats pel petroli, projectaven una llum somorta sobre el paviment humit, realçaven les ombres i donaven moviment al misteri de la nit. Eren com fars en una mar negra.

La Tereseta anava amb la roba de diumenge, un vestit beix de ratlles marrons molt fines, amb una manteleta blanca de llana encreuada sobre el pit i tocada al cap amb un mocador de color xocolata. Anava calçada amb unes botes poloneses baixetes de color negre que havia estrenat aquell mateix dia i li havien fet una rascada al turmell esquerre. No podia seguir el ritme de la seva mare, l'Anna, que apressava el pas arrossegant-la per la mà. Eren dos quarts de nou de la nit i encara havia de fer el sopar.

La nena s'havia entretingut més del compte en la festa d'aniversari d'una amigueta de l'escola. Molt a prop de casa seva, a tocar de la popular sala de ball La Paloma, van trobar una veïna. Anava vestida com una obrera, amb una faldilla llarga, un davantal blau fosc i un mocador al cap del mateix color per on li fugien els flocs dels cabells vermells. Es cobria amb un xal de llana negre i calçava uns gruixuts sabatots d'home tacats de fang. Els seus ulls semblaven secs des de feia molt de temps. Estava pàl·lida, es veia cansada, tenia les mans aspres i el dit índex endurit i esquerdat per l'agulla que l'havia acompanyat des de ben petita al taller de costura.

—Quin fred que fa! —va dir la dona fregant-se les mans, que protegia amb uns guants de llana verda amb els dits tallats.

—Sí, i a aquestes hores encara en fa més —va respondre amablement la mare de la Tereseta—. Has sortit ara de la feina?

—Sí, cada vegada sortim més tard del taller de costura. Amb tot el que expliquen dels segrestos, a mi em fa por anar sola pel carrer a aquestes hores —li va explicar la veïna.

—Se sap res dels nens desapareguts? —li va preguntar la mare de la Tereseta en veure-la amb un diari obrer a la mà.

—El governador civil, Portela Valladares, diu que és completament fals el rumor que s'està estenent per Barcelona.

—No me'n refio, d'aquest. Quan els gossos lladren, alguna cosa senten.

—A aquest, li importen un rave els nens. La seva obsessió és tancar els diaris obrers.

La Tereseta intentava amollar-se de la mà de la seva mare. Estava avorrida; ja feia molta estona que xerraven. Finalment ho va aconseguir: la mare la va deixar anar pensant que pujaria les escales de tornada cap a casa, on l'esperava el pare.

Però la nena, distreta, es va estimar més contemplar l'aparador il·luminat del que abans era una drogueria i ara una botiga de joguines resplendent de granadura i vidres de colors, presidida per una immensa nina, vestida tota de color rosa, i un cavall de cartó pedra marró amb la crinera blanca. Tota la botiga li semblava una meravella. Enlluernada, els seus ulls estaven clavats en aquell aparador, no podien separar-se'n, quan de sobte va sentir que una mà agafava la seva.

—Vine, bonica, vine, que tinc caramels per a tu —li va dir una dona estranya, tota vestida de negre.

La petita, il·lusionada, la va seguir i es va deixar portar un tros. Però, en veure que s'allunyava massa d'on era la seva mare, va deixar anar la maneta i va tractar de tornar.

La dona de negre no va proferir una sola paraula; la va subjectar per la mà amb més força, una mà freda. Caminava a grans passos, no la podia seguir; li feia mal la rascada al turmell que li havien fet les botes poloneses. La nena va mirar a banda i banda i no va veure ningú. El carrer estava totalment desert. La desconeguda avançava amb rapidesa. En passar davant una finestra il·luminada, la nena va fer un gran esforç, es va posar de puntetes i va cridar:

—Auxili!

Massa tard, la desconeguda va desplegar un drap negre de llana amarat amb cloroform i va cobrir per complet la nena, la va agafar en braços per ofegar els seus sanglots i protestes i es va perdre amb la seva presa en les ombres de la nit.

—I la nena? —va preguntar la mare de la Tereseta al marit en pujar a casa seva.

No va esperar resposta. Va llançar un crit i va córrer escales avall en cerca de la Tereseta. Però ja no hi havia rastre de la petita. Les entranyes de l'Anna s'esquinçaven en plors. La seva filla havia desaparegut en la nit.

El Carnestoltes del Raval va quedar marcat per la desaparició de la Tereseta Guitart. La cara de la nena estava gravada en la memòria dels barcelonins. La seva foto es publicava en tots els diaris obrers. L'home del sac s'acarnissava a Barcelona, i la Tereseta era per a molts la gota que va fer vessar la mesura. Tenia cinc anys, era filla d'uns immigrants de Figueres i, igual que molts obrers i nens del districte V, s'havia esfumat misteriosament.

Llers (comtat de Besalú), segle XII

En un racó de la memòria guardo un bocí de la història, encara que no viscuda, vital per a comprendre els orígens, saber qui sóc i d'on vinc.

Sé que aquella nit era negra, malgrat la lluna plena que lluitava per a no fondre's amb els núvols i planava sobre els foscos turons castigats per la pluja. Els trons retrunyien enmig de la tempesta, bufava amb força la tramuntana del Canigó, udolava un vent fred i aspre.

El comte Estruc es va despertar de cop en sentir un gran estrèpit a la finestra en ogiva, encaixada en el gruixut mur, seguit del trencadís dels vidres que queien a terra. Entre les vidrieres trencades va aparèixer el cap d'un dip, una mena de gos malvat i pelut, coix d'una cama. El comte es va incorporar tan ràpidament com el seu cos vell i cansat li ho va permetre i va desembeinar l'espasa que sempre dormia amb ell. Sobtadament va sentir un estrany i horrible clapoteig a la gola; després es va desplomar, com ferit per un llamp. Aterrit, va descobrir que no podia demanar auxili: cap mot no li sortia de la boca. El dip va retirar els ullals amb celeritat; havia deixat dos forats enormes. Semblava com si l'horrorosa criatura estigués sadollada amb sang. Tocaven les campanes de l'església de Sant Julià, udolaven els gossos. El comte va sentir un mal insuportable. Tot li feia voltes, estava atordit, esmussat de dolor, terror i debilitat. Unes grosses gotes de suor li lliscaven pels cabells. Va mantenir la mirada fixa en la finestra; el dip ja havia desaparegut. Va tractar de moure's, però hi havia una mena d'encanteri sobre ell. El cos se li estava refredant i el cor li havia deixat de bategar.

El vent va irrompre a través de la finestra esbocinada i la porta de l'habitació es va tancar de cop; es va tornar a obrir uns instants i, després, es va tancar una altra vegada. Les campanes de l'església van guardar silenci i els gossos van emmudir.

Les bruixes de Llers dominaven el vent i les tempestes. El cim de la muntanya de Verdera era el seu enclavament preferit per als aquelarres. Una enorme foguera que feia bullir una caldera irradiava una llum potent i emmarcava les ombres de tres dones.

—La caldera va voltant i així hi anirem tirant: un budell emmetzinat —va dir la dona més gran amb una veu aspra.

I totes tres van dir fent un bisbe:

—Vara per una, vara per dues, vara per tres, vara per quatre, vara per cinc, vara per sis!

—Pell tendra de serp de riu, ull de llangardaix verdós, granota, llengua de gos, ala de ratapinyada, llengua d'escurçó esqueixada, fibló d'una serp sense ulls, a dins el brou dóna bulls amb una ala de mussol; vés bullint dintre el perol, per fer la sopa infernal; vés bullint, olla fatal! —va continuar la dona.

I totes tres van repetir misteriosament:

—Au, treballa, canta i vola; canta, foc, i bull, cassola! Allò bell és lleig i allò lleig és bell. Flota en la boira i un aire espès. Tres per tu, tres per mi, tres per ella. Silenci! L'encís és clos.

I van entrellaçar les mans fent una rotllana.

—Quan ens tornarem a reunir entre llamps i trons? —va preguntar la bruixa més jove, que havia vingut expressament des de Cadaqués.

—Abans que el sol es pongui —va respondre la bruixa que duia la veu cantant, sabedora que a partir d'aquell instant la nit fosca es tornava molt perillosa.

I totes tres dones es van convertir en uns ocellots negres que es van perdre entre els núvols de la tempesta, mentre l'ombra d'un dip sortia del castell de Llers i es dirigia cap a les muntanyes.

No bufaven bons temps per a aquestes llegendàries bruixes. En una altra època s'haurien comptat per centenars les assistents a l'aquelarre; ara només eren tres. La gran majoria havien mort a la foguera. Les que havien sobreviscut es refugiaven en indrets amagats, temoroses de caure en les urpes del comte Estruc, un notable guerrer que en la seva senectut havia estat destinat a Llers pel jove rei Alfons II el Cast per lluitar contra el paganisme i la bruixeria. El vell soldat va reprimir amb totes les seves forces els cultes ancestrals, la màgia i les ciències ocultes i va obligar els camperols a abraçar la fe en Crist.

Les bruixes havien triat aquesta nit de lluna plena per llançar el seu malefici més poderós al seu enemic. No li desitjaven la mort; el condemnaven a la vida eterna.

***

En obrir les pesants parpelles, el comte es va veure sumit en la foscor, la intensa i absoluta falta de llum de la nit que dura per sempre. Va percebre una aroma de pols i de vellut vell. De sobte, l'horror li va esclatar en la ment. Va intentar cridar; els llavis i la llengua resseca es van moure convulsivament. Tenia les mandíbules lligades. Fins llavors no s'havia atrevit a moure cap membre; però, per fi, va deixar anar una anhelació i amb la mà dreta va tocar una fusta folrada de tela, pesant, inamovible. Va aixecar amb violència els braços, que estaven estirats, amb els canells encreuats. Van xocar amb una matèria sòlida que s'estenia sobre el cos a uns quants centímetres de la cara. Ja no va dubtar que reposava dins un taüt. Es va retòrcer i va fer espasmòdics esforços per obrir la tapa: no es movia. Va lluitar un cop més per cridar. I aquest segon intent va tenir èxit. Un llarg i salvatge udol d'agonia va ressonar en els recintes de la nit subterrània.

El comte, proveït d'una força fins ara desconeguda per ell, va empènyer amb una energia sobrehumana la llosa que el cobria fins a deslliurar-se'n. A la porta de la cripta l'esperava el dip. En veure'l, va acotar el cap fent un senyal d'acatament. El comte li va acariciar el clatell i aquest li va llepar els dits.

Llavors, en la tenebra de la nit, es va sentir el llarg i lúgubre udol d'un gos, com si tingués por. Una por que es va encomanar als gossos del castell, que bordaven embogits. El comte i el dip els van fer callar de seguida i van aconseguir entrar a les seves estances privades sense ser vistos. A l'habitació del comte tot estava ben igual com ell ho recordava. La lluna plena entrava per la finestra en ogiva encaixada en el gruixut mur i il·luminava amb un raig pàl·lid dues grotesques figures: el dip i el comte Estruc. Els vidres encara eren per terra, una gran quantitat de pols jeia sobre els mobles i als racons hi havia gruixudes teranyines. Va pensar que devia fer molt de temps que el donaven per mort. Els criats campaven com per cal sogre, sense fer brot. Va maleir la seva ganduleria.

El gran mirall de la paret no reflectia cap imatge de tan brut com era. El comte va sentir una enorme curiositat per a veure quina fila feia. Amb la mànega va netejar el mirall. Incrèdul, amb uns ulls com unes taronges, no podia apartar la mirada d'aquell mirall. Semblava impossible el que els seus ulls li certificaven.

Ell, que es creia mort, de cop es va veure rejovenit: els seus cabells blancs i els bigotis havien canviat a un gris fosc, les galtes eren més plenes i la boca era més vermella que mai; sobre els seus llavis hi havia gotes de sang fresca que li queien en filets des de les comissures i li recorrien la barbeta fins al coll. Eren restes de la seva topada amb els gossos. Els seus ulls, profunds i centellejants, semblaven estar enfonsats enmig de la carn inflada; les parpelles i les bosses de sota estaven embotides. Quan va començar a despuntar el dia, el comte va tornar a la cripta, el lloc més fosc del castell.

El comte Estruc dormia de dia, i de nit cercava un sentit a la seva nova condició de mort vivent. Va perdre l'interès per les bruixes. Els rumors del bestiar mort dessagnat i joves desaparegudes s'estenien per la comarca a mesura que creixia el pànic entre la població, aterrida per aquella criatura malvada que recorria la nit acompanyada del seu dip. Tenien por de sortir quan es feia fosc i tots portaven alls i crucifixos per protegir-se del terrible vampir.

El cert és que el comte Estruc, ara rejovenit, només ansiejava una cosa: tornar a ser el cavaller que havia estat abans, un senyor de la guerra. Es delia per tornar a sentir el brogit de la batalla i els rius de sang que s'hi vessaven. Llers i fins i tot el comtat de Besalú havien quedat petits per al comte.

***

El papa Innocenci III, més afeccionat a l'espasa que no pas al rosari, en veure com el soldà Saladí havia reconquerit Jerusalem, va convocar els fidels cristians a una tercera croada per impedir que el poder musulmà s'estengués per Europa. El comte Estruc ja havia perdut tot l'interès per la religió i, sobretot, per convertir pagans a la fe cristiana. El seu veritable interès era la guerra i aquesta vegada el Papa li havia servit l'oportunitat en safata de plata.

Va viatjar acompanyat del seu dip fins a Messina, per embarcar-se rumb a Sant Joan d'Acre. El rei d'Anglaterra, Ricard I Plantagenet, conegut pel sobrenom de *Lion Heart*, Cor de Lleó, anava al capdavant d'una flota formada per dues-centes dinou embarcacions cap a la tercera croada. Tot i haver-hi més de 17.000 homes entre soldats, cavallers i mariners, el comte no va aconseguir passar inadvertit, i de seguida es va avenir amb Ricard, un guerrer brutal i sense escrúpols.

El comte Estruc preservava l'anonimat darrere un elm que li protegia tota la cara. Anava completament cobert amb una armadura de cota de malla, sota una de plaques de metall i tapat per una sobrevesta. Era l'únic cavaller que no duia cap creu en la vestimenta. Tot de negre perquè ni un bri de llum penetrés al seu cos. Sostenia una espasa curta en una mà, un escut de metall en l'altra, i portava l'espasa llarga a la cintura, aquella que feia molts anys que no se separava d'ell i el lligava a la seva vida anterior. Muntava un cavall també negre i l'acompanyava l'ombra d'un dip coix.

El fragor de la batalla, els morts i la sang rejovenien encara més, si això era possible, el comte, que era un excel·lent guerrer. Contesa a contesa van recuperar les places costaneres fins a Jaffa, van derrotar els musulmans a la batalla d'Arsuf, van conquerir Xipre i van obtenir de Saladí que els pelegrins poguessin acudir lliurement a Jerusalem. Mentre tot això passava, el germà de Ricard Cor de Lleó, el príncep Joan, conspirava per desposseir-lo del tron d'Anglaterra. És per això que el rei va decidir tornar a casa quan es trobaven molt a prop de Jerusalem.

El mal temps va fer desviar la flota cap a la costa adriàtica. Ricard intentava arribar a Anglaterra des de Corfú amb quatre cavallers, entre ells el seu amic, el comte Estruc, però la tempesta els perseguia. De cop, les onades es van elevar amb fúria. El vent rugia com un tro i bufava amb tanta força que els era difícil mantenir el rumb de l'embarcació. Els llampecs se succeïen seguits de sobtats estrèpits. Finalment, el vaixell no va poder suportar els embats de la mar i va encallar prop d'Aquilea, fet que va forçar els viatgers a seguir una perillosa ruta terrestre per l'Europa central, per la qual cosa van haver d'anar d'incògnit, ja que el rei estava enemistat amb mig Europa.

Els darrers dies del mes de desembre, unes quantes hores després de pondre's el sol, quatre homes i un gos pelut negre i coix que viatjaven a peu van entrar en una petita ciutat a prop de Viena. Els pocs habitants que en aquell moment eren al carrer van mirar aquells viatgers amb certa inquietud. Difícil seria trobar uns transeünts d'aspecte més miserable. El desembre és un mes fred i aquella nit era molt fosca, encara que, de vegades, la llum de la lluna s'infiltrava entre els densos núvols que cobrien el firmament. Una espessa boirina envoltava les teulades; semblava un poble fantasma. Cansats de caminar i calats fins als ossos, es van aturar a la primera posada que van trobar.

Tot i que la sala era molt àmplia, les taules estaven molt a prop les unes de les altres. Hi havia unes quantes espelmes de sèu enceses per les taules, però la veritable lluminària de la posada era una enorme llar de foc de pedra on el dip va córrer a estirar-se. Estaven afamats, però no prou perquè en Ricard s'empassés els rosegons de pa dur i la sopa d'aigua bruta que va escopir en tastar-la.

—Quina porqueria! Hostalera! Porta'ns pollastre rostit i el millor vi de la bóta —va bramar en Ricard.

Els improperis, els crits i l'estranya petició van cridar l'atenció d'uns soldats que seien a la vora. Qui era aquell individu amb fila de pelegrí que, malgrat el seu aspecte espellifat, insistia que se li servís pollastre rostit, una delicadesa de l'aristocràcia?

La seva corpulència i la seva altivesa deixaven endevinar fàcilment que era algú important, i sense pensar-s'ho dues vegades van desembeinar les espases i van envoltar els falsos pelegrins, disposats a demanar un rescat per ell, fos qui fos.

El dip es va aixecar i va mostrar els ullals amenaçadors; el comte Estruc li va fer un senyal perquè marxés. Tenia curiositat per a saber el desenllaç d'aquella situació. En Ricard va treure l'espasa, però ja era tard, no es podien escapar. Va sentir el soroll de cavalls a l'exterior i també veus d'homes. Conscient que estaven en minoria, va cridar:

—Només em rendiré davant el vostre senyor!

El seu senyor, el duc Leopold V, de seguida va reconèixer en Ricard. El duc el va portar com a presoner davant l'emperador Enric VI d'Alemanya i el va mantenir captiu en companyia del comte Estruc al castell austríac de Dürnstein. L'emperador, malgrat tot, no va perdre les bones maneres i va respectar els títols nobiliaris dels seus presoners; és per això que no els va recloure a les masmorres, sinó a l'última planta d'una torreta unida a la torrassa principal del castell.

Una nit de lluna plena, en Ricard va sentir una mena d'udol de gos, però més ferotge i més profund. Es va acostar a l'única finestra, una gran ogiva amb barrots de ferro, va mirar avall i va poder comprovar que era el dip, que cridava el seu amo. De cop va observar, bocabadat, com el comte, que estava tancat en una habitació contigua a la seva, emergia lentament de la finestra i començava a arrossegar-se per la paret del castell, sobre el profund abisme, de cap per avall i amb la capa estesa a manera de grans ales. No donava crèdit als seus ulls: els dits de les mans i dels peus se subjectaven com una ventosa en els caires de les pedres, es movia cap avall veloçment, com una sargantana, fins que va arribar a terra i, acompanyat del seu fidel dip, es va perdre en la foscor de la nit.

Quan va comprovar que el seu amic Ricard no corria cap perill, el comte Estruc es va dirigir cap als Carpats, on va fixar la residència. Amb el pas del temps va fer un molt bon amic anomenat Vlad. Però això és una altra història que potser us explicaré un altre dia.

Diumenge, 11 de febrer de 1912
Entresòl, primera porta del carrer de Ponent, 29
(barri del Raval, Barcelona)

L'olor rància de peix fregit del sopar dels veïns entrava per les escletxes de les finestres des de la lluerna i a través de les parets primes se sentia la remor d'això que anomenem «vida», la que a mi m'havien arrabassat un dia del qual no recordava l'any, ni volia. Em trobava tan dèbil que res no em feia reaccionar. A penes podia moure cap múscul i tampoc no hi tenia interès.

—La mamà ens ha dut una altra germaneta —em va dir en Pepito mentre em despertava.

Em vaig incorporar molt lentament de la màrfega en què dormia i on ara passava dia i nit. Els seus ulls blaus, grossos i ingenus em miraven esperant que jo li digués alguna cosa. Anava molt ben vestit, amb uns pantalons de vellut blancs a joc amb una jaqueta curteta i una camisa blanca plena de gorgeres. Tenia els cabells molt rossos. Semblava ben bé un angelet.

—Estàs molt guapo —vaig dir fent-li una abraçada.

—Surto amb la mamà!

Abans de caure malalta, jo també acompanyava aquella dona a la qual sempre em vaig resistir a dir «mamà».

Cada dia anàvem a missa, mal vestides amb roba bruta i estripada, com unes autèntiques esparracades, i pidolàvem almoina i menjar. Ella es tapava cap i tot protegint-se de la llum del sol. En acabar la jornada, passàvem per la caserna del carrer del Bonsuccés a recollir les sobres del ranxo, gairebé sempre pa dur i patates, que era del que ens alimentàvem els nens que tenia recollits.

Amb molt d'esforç i amb l'ajuda d'en Pepito vaig sortir de l'habitació per veure la nouvinguda. L'Angeleta, una altra nena que vivia amb nosaltres, va ser més ràpida que jo; però ella no estava malalta. La primera vegada que vaig veure la Tereseta, la duia l'Enriqueta als braços enrotllada en una manta, inconscient. La va deixar estirada al terra de l'habitació de l'Angeleta i les va tancar totes dues amb clau. Amb mi no calia tanta precaució; el meu petit cos no tenia prou forces per a caminar. A més a més, de dia encara em sentia més dèbil i el sol em cremava, i de nit em feia por sortir fins i tot de l'habitació.

A la nit, l'Enriqueta es transformava. Es vestia com una gran senyora, amb gases, sedes i tocats, banyada amb els perfums més cars. La venia a buscar un luxós carruatge amb conductor que la duia al teatre del Liceu o al casino de la Rabassada. Aquell dia no sé on va anar. De vegades li agradava explicar-ho, però aquella nit que l'acompanyava el meu estimat Pepito abillat per a l'ocasió no va badar boca.

Vaig fer una forta abraçada a en Pepito i li vaig omplir la cara de petons. Estava molt il·lusionat i content de poder sortir d'aquelles quatre parets. A mi no m'agradava gens ni mica que marxés amb l'Enriqueta, però no vaig gosar dir-li res.

No sé què em feia més por, l'Enriqueta o aquella casa que em tenia aterrida. Era un entresòl amb moltes habitacions fosques, mòrbides i pestilents. Quan encara no estava malalta, una nit que l'Enriqueta era fora, vaig saltar la prohibició i vaig voler explorar aquella presó on em trobava captiva. La vaig recórrer a les fosques. Al final del corredor hi havia una porta que donava a un sumptuós saló moblat amb gust exquisit. Res a veure amb aquell macabre pis. Vaig quedar meravellada en veure el mobiliari, els llums, el cortinatge, les butaques i un gran sofà de color verd. A dins d'un armari hi penjaven dos vestidets de nen i dos de nena, hi havia mitges de seda i sabatetes a joc amb els vestits. I també els fins i luxosos vestits de confecció amb els quals l'Enriqueta es mudava en les seves misterioses sortides i moltes, moltíssimes perruques arrissades de tots els colors.

Encara fascinada per aquella troballa, confiada, vaig obrir la porta d'una altra habitació i de cop vaig ensopegar amb un sac. La meva curiositat infantil em va dur a mirar a dins, on vaig trobar, amb gran espant, un enorme ganivet i roba de nadó amarada de sang. Em vaig estremir i el terror em va calar fins al moll de l'os.

En un armari guardava uns estranys flascons amb un líquid vermell i espès, en companyia d'un llibre antic amb una coberta de pergamí on mai no vaig saber què deia. Llavors encara no sabia llegir, però no em va ser difícil deduir que allò semblava un laboratori de fetilleria.

Esfereïda, vaig tornar com una esperitada a la meva habitació. No tenia llit i dormia en una màrfega a terra coberta per una pelleringa. L'únic moble, una cadira sense seient. Vaig seure en un racó, immòbil i muda, arraulida com gos que té por. Malalta del temor de morir, a la vegada que indiferent a la vida en si mateixa. Mai més no vaig tornar a recórrer la casa. Ara ni vetllava ni dormia. No era capaç de distingir el somni de la realitat, ni el dia de la nit. Tot es barrejava i em surava confusament al cap i no era capaç de sentir ni de pensar.

***

En despertar-se la nena, feia cara d'espantada. L'Enriqueta la va tranquil·litzar, li va treure el mocador de color xocolata que li cobria el cap, la manteleta de llana i el seu preciós vestit de diumenge de color beix de ratlles marrons; tota la roba, tret de les botes poloneses noves que li havien fet una rascada al turmell. I va començar a rapar-la. La Tereseta plorava i plorava mentre els flocs dels seus cabells negres queien a terra.

—Si ho faig pel teu bé, per evitar polls molestos, així ja no et picarà mai més el cap. No ploris, jo tindré cura de tu. Els teus pares ja no hi són. Ara sóc jo la teva mare, i així m'has de dir: mamà. A veure com em dius mamà?

—Mamà —va sanglotar la pobra nena, aterrida.

—I des d'ara t'anomenaràs Felicitat. És un nom ben bonic, no trobes?

La nena va assentir amb el cap.

—Com et dius?

La nena es va mossegar el llavi. Semblava dubtar com si fos presa d'una lluita interior. Per fi es va decidir:

—Tereseta.

Llavors la dona li va fer un pessic molt fort a la cama. La nena plorava desconsolada.

—Com et dius?

—Felicitat.

—Ho veus? No és tan difícil. Aquí no et faltarà res. Però has de saber que està prohibit sortir a fora o mirar per la finestra. És molt perillós.

De cop, la nena es va posar a cridar com una boja:

—Vull anar amb la meva mare! Vull anar amb la meva mare!

I l'Enriqueta es va acarnissar amb ella, li va retòrcer la carn a pessics, i la va deixar tota blaürada. Després la va tancar en una habitació a les fosques. La nena no va parar de plorar en tot el dia.

L'Angeleta, amb els ulls plens de llàgrimes, va córrer a amagar-se a l'habitació.

—I en Pepito? —li vaig preguntar mirant-la de fit a fit. Jo ja no li tenia por i estava molt preocupada per aquell nen d'ulls de mar. Era com el meu germà, la meva única família.

—He fet que el portessin fora de Barcelona per curar-se, ja que no es trobava bé. Sembla que li has encomanat la teva malaltia —em va dir aquella donota fent-me mal allà on més em dolia.

Descoratjada, vaig deixar caure els braços i em vaig

quedar asseguda, amb el cap baix, la mirada fixa a terra, muda i tremolosa. Estava tan dèbil que no em van sortir ni les llàgrimes. Arrossegant-me, vaig tornar a la meva habitació i vaig tancar la porta corredissa. La meva ment infantil només tenia un desig: que aquella llarga tortura s'acabés. Volia dormir i no despertar. Però, malauradament per a mi, el sol sortia cada dia, aquell sol que em cremava i em deixava sense forces.

Dijous, 15 de febrer de 1912
Portlligat (Cadaqués, Empordà)

Desconec qui em va portar al món, però sé a qui dec la vida, a la Lídia Noguer, més coneguda per la Ben Plantada, i a la seva mare, la Sabana, l'última bruixa de Cadaqués, que tenia la facultat de convertir-se en ocell, viatjar a velocitats inusitades i controlar granissades i tempestes. També podia fer esmunyedissa la pesca, marcir l'amor dels amants i portar la malastrugança a les cases. La Lídia, però, no havia heretat tots els poders de la seva mare, llegia el futur observant les escletxes que l'erosió del vent i del mar havien fet a les pedres, sabia interpretar els somnis, podia llançar mals d'ull per encàrrec i protegir de qualsevol conjur.

La Lídia, en paraules de Josep Pla, era una peixatera molt simpàtica, molt ben posada i de molt bon veure. Era casada amb un excel·lent pescador del cap de Creus, i el matrimoni tenia dos fills. Vivia a la Riba, tenia una casa admirablement situada, neta, molt ben endreçada. Era una magnífica cuinera i, a més a més, tenia un negoci arrencat: per les seves mans passava el millor peix que es pescava al terme de Cadaqués.

Aquell matí, la Sabana es va presentar a ca la seva filla a primera hora del matí. Duia un diari sota el braç.

—I en Nando? —li va preguntar la mare. En Nando era el marit.

—Se n'ha anat a la cala Culip a pescar congre i llagosta. Demà tornarà.

—No tens cap hoste a casa teva aquesta setmana? —va continuar la mare.

—No.

—En saps res, de l'Eugeni d'Ors?

La Lídia i el seu marit de vegades tenien hostes a casa. El setembre del 1904 hi van tenir el jove escriptor fent repòs.

—No —va respondre la filla acotant el cap. Feia més de vuit anys d'aquella estada i encara no l'havia aconseguit oblidar. Tot i ser casada, se'n va enamorar com una boja, sense que res no ho pogués evitar. Ell va marxar i no hi va tornar mai més, però ella encara l'esperava.

La mare la va mirar amb cara de desaprovació.

—La mel és més dolça que la sang —li va dir la filla tornant-li la mirada.

—I Picasso, tornarà enguany? —va preguntar per intentar canviar de tema.

—No en sé res, d'aquest home. Fa vora dos anys que s'hi va estar.

—S'ha convertit en un pintor d'anomenada. Jo no veig res en els seus quadres. Només gargots.

—Quan ell pinta així, el seu secret deu tenir!

—M'has de donar la teva recepta del déntol a la marinesca —li va dir de sobte la mare.

—Per fer un bon déntol a la marinesca, calen tres menes de persones: un boig, un avariciós i un pròdig. El boig ha de ventar el foc, l'avariciós, posar-hi l'aigua, i el pròdig, l'oli —i va riure.

De cop, un nen va entrar a la casa amb una pilota a les mans.

—I el Nòrio i el Venido?

—Amb el seu pare, pescant. Això... Com és que ets a la vila? Encara falten molts mesos per a l'estiu.

—He acompanyat el meu pare.

I dit això, el nen va desaparèixer.

—Qui és, aquest marrec? —va preguntar la mare.

—És en Salvador, el fill del notari Dalí.

—Estàs segura que els nens són amb el seu pare?

—I tant! Però, mare, ja no són uns nens. Per què se'n preocupa tant?

I de cop es va fer una altra vegada el silenci.

—Vostè no ha vingut fins aquí per una recepta. Què passa, mare? Què és això que tant li costa explicar-me?

Dit això, va preparar cafè i li va servir un bon tros del seu deliciós formatge de llet de cireres.

La Lídia sabia que devia passar alguna cosa molt grossa perquè la seva mare la vingués a visitar des de més enllà de la mort. Els havia deixat un mes de setembre de feia quasi dotze anys, i tot i que aquella no era la primera visita que li feia, encara s'impressionava en veure-la.

La mare li va lliurar el diari que duia encara a les

mans. La Lídia l'observava. Era farcit de notícies i d'anuncis. La Sabana es va posar nerviosa, l'hi va treure de les mans i va començar a llegir:

—Dissabte dia 10 de l'actual, al vespre, va desaparèixer, mentre era al carrer de Sant Vicenç, no lluny de la seva mare, la nena Teresa Guitart, de cinc anys. Els seus afligits pares, que viuen en aquest carrer, agrairan amb tot el cor qualsevol indicació sobre el parador de la seva filla.

—Quina desgràcia! Coneixes aquesta nena?

—No.

—I els seus pares?

—No.

La Lídia va mirar la seva mare sense comprendre res. Malauradament, en aquella època, al Raval, una sola nena perduda no era notícia.

—Coneixia els seus avis. Són de Figueres. La seva àvia ha demanat ajuda a una bruixa de Barcelona per trobar alguna pista sobre el parador de la seva néta i el seu conjur ha arribat a mi.

—I tu què hi tens a veure?

—A Barcelona ja fa temps que estan desapareixent molts nens petits. Els rapta un ésser malvat, un mort vivent.

—Un vampir! —va exclamar la filla posant-se les mans a la boca, com si no volgués que se li escapessin les paraules.

—Més ben dit, una vampira. I contra ella és molt difícil lluitar. Les bruixes no tenim prou força. A més a més, som poques. La policia tampoc no hi podrà fer res. Necessitem un altre ésser com ella perquè l'aturi.

La filla va mirar la seva mare, interrogant.

—He llançat un encanteri per a fer venir el comte Estruc.

La Lídia havia sentit parlar molt d'aquella llegenda en la qual les bruixes de l'Empordà havien convertit aquell comte en vampir, passava de mares a filles. El cert és que mai no hi havia donat gaire credibilitat. Però amb la seva mare morta ja feia més de deu anys asseguda a la taula de la cuina prenent cafè i menjant formatge de llet de cireres, començava a donar-hi certesa.

—Però per què et penses que et voldrà ajudar? Tot el contrari, voldrà venjança pel que li van fer les nostres avantpassades. —De cop, a la Lídia li va recórrer un calfred tot el cos. La seva mare ja era morta, però ella tenia una gran afecció a la vida.

—No pateixis, filla. Li faré una oferta que no podrà rebutjar. M'hi ajudaràs?

La Lídia no va respondre i va servir més cafè a la seva mare.

***

La lluna plena cavalcava entre els núvols que amenaçaven tempesta i il·luminava un racó del cap de Creus, un dels llocs més àrids, minerals i planetaris de la terra.

La Sabana i la Lídia seien en una de les barques mentre contemplaven la mar des de la platja. Semblava com si aquest racó fos completament voltat de terra, com un llac. Al davant, una illa, la del Correu; a la seva vora, una de més petita, sa Farnera. Aquestes dues illes feien la impressió de trobar-se en un atzucac, ben bé com elles. L'aigua estava tan tranquil·la que reflectia els drames del cel crepuscular.

El vent va començar a bufar amb força i es va posar a ploure; tenien la tempesta a sobre. La Sabana es va retirar els cabells mullats de la cara. Per uns instants es va sentir viva. Es va arraulir dins el seu xal negre, pensant en el seu pla. De bon principi, li havia semblat una bona idea. De fet, no en tenia cap altra. Donava voltes al problema mentalment. Era una bruixa, la darrera bruixa de l'Empordà, malgrat el que diguessin les males llengües de la seva filla, en qui havia posat grans esperances. La Lídia, però, des que va néixer, sempre havia estat una noia d'idees pròpies, atreta per la màgia, però sense cap interès de recollir el llegat de la seva mare. Per aquest motiu, la Sabana s'havia convertit en una bruixa solitària amb ocurrències estranyes. Fins i tot després de la seva mort.

La Lídia va observar la seva mare, sabedora que era ella la causant de la tempesta. Ambdues sentien la tensió, la sensació dolorosa, ardent, que havien començat alguna cosa i havien d'acabar-la a qualsevol preu.

De cop va aparèixer un gos pelut i negre, coix i amb un ullals amenaçadors. La Lídia va sentir una esgarrifança i es va refugiar a la falda de la seva mare. El gos les va ensumar i va començar a udolar amb força. En la

negror de la nit van veure com una ombra se'ls acostava amb passos lents; tan lents eren, que van tenir temps de fixar-se en la capa i el barret que portava. Van observar la figura d'un home alt, ja vell, nítidament afaitat, a excepció d'uns llargs bigotis blancs, i vestit de negre de cap a peus, sense cap taca de color enlloc. La seva cara era forta, aguilenca, amb el nas fi i el front alt i clar. Tenia les celles molt espesses. La boca, sota els espessos bigotis, era fina i tenia una aparença cruel, amb unes dents blanques i esmolades que sobresortien sobre els llavis.
Mostrava una singular vitalitat en un home de la seva edat. Pel que fa a la resta, les orelles eren punxegudes, el mentó ampli i fort i les galtes fermes i primes. La pell era d'una pal·lidesa extraordinària. Les mans tosques, amples i amb dits rabassuts. Tenien pèls al centre del palmell. Les ungles eren llargues, fines i retallades en punta. Un cop al seu costat, es va aturar i va romandre immòbil. Els seus ulls van llançar una mirada vermella com la d'un gat.

—He de reconèixer, Sabana, que la teva temeritat m'ha causat una gran curiositat. —El rostre del comte estava recaragolat de ràbia. I llavors, a poc a poc, es va tornar a suavitzar. Les parpelles li van caure lentament sobre els ulls i va estirar els llavis en un somriure.— Aquesta és la teva filla, la famosa Lídia de Cadaqués?

El comte es va inclinar cap a ella, que en percebre una de les seves mans no va poder reprimir un calfred. Ell se li va atansar molt a prop i a ella, en sentir el seu alè, que era fètid, una terrible sensació de nàusea la va apoderar.

El comte es va retirar una mica.

—La mel és més dolça que la sang —va dir estranyament el comte amb un somriure una mica lúgubre, que va mostrar les seves protuberants dents.

El rostre de la Lídia estava tens, amb una barreja de confusió i atordiment. I, llavors, el comte la va agafar amb rapidesa i la va estrènyer contra el pit, amb el coll de la Lídia sota els seus llavis. Ella es va tocar la garlanda d'alls que duia en forma de collar.

—Alls? —va murmurar el vampir, i els llargs llavis sedosos es van apartar de les seves dents i els dos ullals van caure sobre la pell de la Lídia. Ella va quequejar i un so ronc i gutural va sortir de la seva gola.

La Sabana mirava l'escena atenta, sense moure's. El comte, d'una mossegada, va arrancar del coll de la Lídia la garlanda d'alls.

—Quanta superxeria! De veritat et penses que una cabeça d'alls em pot fer cap mal? O un crucifix? Tot això són ximpleries, pura literatura!

—Moriré? —va murmurar la Lídia quan va aixecar la vista lentament.

—Algun dia —va dir el vampir, i va somriure.

La Lídia va estar a punt de dir alguna cosa, però la seva mare la va tallar.

—Aquí ja hi ha massa morts! Vinga, comte, deixa de jugar amb la meva filla i anem al gra.

La Lídia va deixar escapar un gemec quan el comte la va soltar. El vampir es va quedar mirant-la i la seva pell blanca va adquirir un suau vermell lluminós.

La Sabana i el comte Estruc van començar a caminar per la vora de la platja seguits del dip. La Lídia els observava de lluny, asseguda a la barca, mentre intentava recobrar l'alè.

La Sabana va tancar els ulls durant un segon i després va començar a parlar. La seva veu era tot just audible per als humans. Parlava molt a prop del comte, demostrant-li que no li tenia cap por. Ell l'escoltava amb la mirada absent, impassible, remota. Van estar així durant molta estona. Llavors la Sabana es va separar del comte, que la mirava greument. Ella li va sostenir la mirada.

—M'estàs demanant ajuda? Aquesta sí que és bona! —va exclamar el comte, una mica divertit després que la Sabana li expliqués fil per randa la situació.— Què vols? Que senti pena, humanitat per aquests nens? No crec que faci falta que et recordi que heu estat vosaltres, les bruixes, les que m'heu despullat completament d'aquests sentiments.

—No vull que sentis res. Vull que fem un pacte.

—Un pacte amb el diable? —va dir rient el comte.

—No. Aquest ja fa molts anys que el vaig fer. T'ofereixo dues coses: la primera, companyia. Si elimines aquesta vampira, ja no estaràs mai més sol.

—Qui t'ha dit que jo estigui sol? I la segona?

—El descans etern. Podràs convertir-te en un mortal una altra vegada i morir dignament i en pau.

—Morir, dormir... dormir... i potser somiar... —va dir pensarós el comte Estruc amb les mans a les butxaques.

Es va fer un gran silenci que només va trencar el comte en trobar-se una altra vegada a la vora de la Lídia.

—No l'esperis, Ben Plantada, en Xènius no tornarà —va dir somrient, i en córrer els llavis cap enrere sobre les genives, les canines, llargues i agudes, es van mostrar insòlitament.

I ella va abaixar la vista. Com coneixia aquell home el seu amor secret?

El comte Estruc va desaparèixer en companyia del seu dip, sense que les dues dones sabessin si acceptava o no l'oferta.

La tempesta va irrompre amb més força. Les onades es van elevar amb fúria. Onades de crestes blanques que colpejaven salvatgement la sorra de la platja. El vent bufava amb ràbia i unes masses de boira marina van començar a envair la terra, núvols blancs i humits. Els llampecs se succeïen, seguits freqüentment de sobtats estrèpits de trons. Tot el cel semblava tremolar sota el cop de la tempesta. La Sabana va fer una abraçada amatent a la seva filla i va desaparèixer entre la boira.

Quant a la filla de la Sabana, el comte Estruc no va ser l'únic personatge important que va conèixer en aquella bella contrada. Artistes, escriptors i pintors d'avantguarda i internacionals de l'època van sucumbir als encants i la intel·ligència de la Lídia de Cadaqués, altrament coneguda com la Ben Plantada. Però això és una altra història que potser us explicaré un altre dia.

Divendres, 23 de febrer de 1912
Entresòl, primera porta del carrer de Ponent, 29
(barri del Raval, Barcelona)

L'Enriqueta Martí em subjectava les mans amb una mà
mentre amb l'altra m'aferrava per la part posterior del coll, obligant-me a inclinar el cap. Duia el parrac blanc que usava com a camisa de dormir tacat de sang; un lleuger regueró del mateix líquid corria per les comissures de la malvada dona. En girar el cap, l'Enriqueta va descobrir el comte Estruc cobert amb una capa negra en un racó fosc de l'habitació. En el seu rostre va aparèixer una expressió infernal, els seus ulls van brillar, vermellosos, i li va ensenyar les dents blanques i esmolades com un animal salvatge.

L'Enriqueta, contrariada per aquella visita no desitjada, amb un moviment descuidat, ben igual que una diablessa, em va llançar a terra i va romandre grunyint a sobre meu, com un gos famolenc al costat d'un os. Al mateix temps que el comte avançava cap a ella amb els braços oberts i un somriure de voluptuositat als llavis, l'Enriqueta va retrocedir fent un grunyit de ràbia mentre els seus ulls perversos el miraven fixament, brillants amb una resplendor demoníaca. La cara se li va arrugar i li va tornar el somriure. De cop, l'Enriqueta va fugir per la finestra. El comte va estar temptat de seguir-la, però llavors vaig recuperar l'alè i vaig llançar un crit tan agut, tan penetrant i tan ple de desesperació que es va aturar i es va fixar en mi.

Durant uns quants segons va romandre mirant-me. El meu rostre era fantasmal, amb una pal·lidesa que s'accentuava amb la sang que brollava del meu coll com uns fils prims. Tenia els ulls desorbitats de terror. Llavors em vaig cobrir la cara amb les mans blaürades de la terrible pressió exercida per l'Enriqueta, i se'm va escapar un gemec de desolació.

El comte em va cobrir el cos amb la seva capa uns instants abans que jo perdés el coneixement. No vaig recobrar els sentits; anava mig endormiscada, mig desperta, sense sentir res excepte que anava per l'aire, que estava flotant i que algú em portava per sobre de la terra. Quan obria els ulls, veia confusament a sota Barcelona, i després muntanyes; llavors tornava a tancar les parpelles. Va ser quan em va semblar que volava entre els braços d'una ratapinyada gegant.

Dissabte, 24 de febrer de 1912
Entresòl, primera porta del carrer de Ponent, 29
(barri del Raval, Barcelona)

En despuntar el dia, la Tereseta i l'Angeleta, desconeixedores del que havia passat la nit abans, van empènyer la porta de l'habitació i van aconseguir obrir-la; no era tancada amb clau com de costum. Totes dues van sortir corrent cap al menjador i, en descobrir que estaven soles i que no hi havia ningú més a la casa, van anar cap a la cuina, molt descurada, bruta, amb només un fogó que semblava que mai no havia guisat cap àpat i una pica de pedra on hi havia acumulats en desordre tota mena d'atuells, recipients de gres i alambins de vidre. Hi havia només una cadira, on la Tereseta es va enfilar i va treure el cap per la finestra.

Una veïna que estenia la roba va veure per uns instants les dues nenes, amb tanta mala fortuna que en aquell precís moment entrava per la porta la malvada dona. Ho va fer molt a poc a poc, i no va abaixar la guàrdia fins a constatar que el comte no hi era. Es va mostrar molt contrariada en comprovar que jo tampoc; i encara més en observar que la Tereseta i l'Angeleta eren a la cuina. Elles, en sentir-se descobertes, van córrer a la seva habitació.

—Aquestes nenes són filles seves? —li va preguntar la veïna des de dalt amb una agulla d'estendre a la boca, mentre amb les mans ocupades espolsava un llençol blanc.

L'Enriqueta, per tota resposta, va tancar la finestra de forma brusca sense dirigir-li la paraula.

Aquelles males maneres van posar en alerta la veïna, a qui havia semblat reconèixer una de les nenes; tot i rapada, tenia una retirada a la Tereseta, la careta de la qual empaperava tot el Raval. Va baixar corrent a explicar-ho a la veïna del pis de baix anomenada Claudina.

—Sí, jo també he sentit nens a dalt. Però la llogatera d'aquest pis és una dona estranya que no té fills i viu amb el seu pare, un home d'uns vuitanta anys que ja fa un temps que no veig —va dir la veïna—. Saps què et dic? Anem a preguntar a la senyora Antonieta. De segur que ella ens pot dir alguna cosa més. Espera un moment que apagui el foc. Estava fent el dinar.

I dit i fet, totes dues van anar fins a la planta baixa de l'edifici per comentar-ho a la dona de la matalasseria. Llavors la veïna va començar de nou la seva història, exagerant-la una mica sense voler i sense advertir-ho.

—Viu amb un nen i una nena. Però mai no he vist l'altra petita que diu vostè —va aclarir l'Antonieta.

La Claudina es va quedar mirant fixament la veïna, demanant-li amb la mirada que li expliqués les seves pors. Ella va dubtar un moment, però finalment ho va amollar.

—Aquesta nena s'assembla molt a la Tereseta, la nena desapareguda —va dir molt fluixet.

Llavors la senyora Antonieta va cridar el seu marit, el matalasser, que va quedar molt impressionat per la notícia, tot i que no va voler espantar més les dones. Les va tranquil·litzar i va dir que ell se n'ocuparia.

***

Cada dia, en sortir de la feina, el matalasser dirigia els seus passos cap a L'Almirall, la il·lustre taverna que tenia a tret de pedra del seu negoci, al mateix carrer de Ponent. Sempre el mateix ritual: es feia una oliveta, un vermut casolà que elaboraven al mateix establiment rebaixat amb sifó i jugava al dòmino amb el seu amic, un guàrdia anomenat Josep Asens. Aquell dia, però, els fets narrats per les seves veïnes l'havien deixat força intranquil.

En entrar, va saludar el taverner, va seure a la taula de sempre, de marbre amb un únic peu. El dòmino ja estava preparat. L'Asens feia tard; devia tenir feina. El matalasser va intentar entretenir-se llegint el diari, però era tanta la preocupació que li era impossible lligar les paraules. Estava seriós, immòbil, absort en un pensament i amb la mirada fixa en el sòlid taulell de marbre, on en un dels extrems destacava una escultura de ferro forjat, la musa de l'Exposició Universal que s'havia fet a Barcelona el 1888; l'única figura femenina. En aquella època no estava ben vist que les dones entressin a les tavernes si no era per a servir els homes. També va observar l'aparador de darrere de la barra i els llums de forma vegetal.

Sempre havien estat allí, però aquell dia estava tan neguitós que semblava que els veiés per primera vegada. Un borratxo que graponejava el piano que hi havia a disposició dels clients el va treure dels seus pensaments. Finalment, el guàrdia va aparèixer per la porta, dedicant un somriure franc i ample a l'amic, aliè al descobriment que estava a punt de fer. El guàrdia Asens feia la seva vigilància al Raval. Era un home d'uns cinquanta anys, amb uns grans bigotis, molt seriós, anava enfundat en el seu vestit blau i el seu barret amb l'escut metal·litzat al front.

Començava a fosquejar i a la cruïlla del carrer de Ponent la taverna es destacava de lluny com una farga en la foscor. A través dels vidres de l'entrada se sentia el soroll de l'entrexocar dels gots i el bullici dels parroquians. A través del fum i la boirina que l'ambient de la sala empenyia cap a la vidriera de l'entrada es distingien les figures borroses i, de tant en tant, es destacava entre aquestes alguna riallada estrident.

El carrer era desert; només un home es passejava impertorbable per davant de la bulliciosa taverna, mirant contínuament cap allà. Anava embolcallat fins al nas amb una capa negra. De tant en tant s'aturava davant el finestral translúcid, de vidres emplomats, i escoltava o mirava o s'impacientava colpejant els peus contra el terra. Per fi es va obrir la porta de la taverna, circumstància aquesta que havia estat esperant. En van sortir dos homes. Llavors l'home de la capa es va amagar en un porxo a l'altre costat del carrer i va continuar observant des d'allà.

—No patiu, amic meu, deixeu-ho a les meves mans. Sí és cert el que dieu i aquesta és la nena Tereseta, aviat estarà als braços de la seva mare, i la seva raptora, a la garjola.

—Em deixeu més tranquil, amic Asens.

Per un moment, l'home de la capa va estar temptat a intervenir; però, en escoltar atentament la interessant conversa, va pensar que la sort de la vampira estava en mans dels humans i tenia molta curiositat de veure com resolien aquella situació.

Ara havia d'ocupar-se d'uns altres assumptes. Estava molt preocupat per mi; m'havia deixat a cura de la Sabana i la Lídia. En arribar la nit abans al castell de Llers, va esclatar una gran tempesta. A l'instant van aparèixer dos grossos ocellots negres: eren les dues bruixes, que es van ocupar de mi perquè ell pogués marxar tranquil per a la feina.

***

El guàrdia Asens va restar pensarós. Ell també coneixia l'Enriqueta i els problemes que acumulava amb la justícia, així com la seva vida anormal, però l'acusació del matalasser era molt greu.

Va complir la paraula donada al seu bon amic, ja que el considerava un home assenyat. És per això que va informar els seus superiors sobre el possible parador de la nena segrestada. El comandant de la policia municipal, en Creu Mendiola, va cridar al seu despatx el brigada Ribot per donar-li instruccions precises i obrir diligències. També va informar el cap superior de la policia, Millán Astray, que estava molt interessat a resoldre aquell cas. Feia a penes tres anys de la Setmana Tràgica, la tenia molt present, i amb el temor que hi hagués un motí popular, volia calmar els ànims del poble, que estaven molt alterats a conseqüència de la desaparició de nens.

En Ribot va posar vigilància policial darrere i davant la casa, i ell mateix va poder veure a través del balcó del pis a altes hores de la nit, a la una de la matinada per a ser exactes, la dona i les dues nenes. En Ribot va decidir acudir al despatx del comandant Mendiola per sol·licitar una ordre d'escorcoll, amb tan mala fortuna que, quan la va aconseguir, la dona no era a la casa.

—Ha sortit amb un paquet, i un poc després ha tornat a sortir amb un farcell de roba bruta en direcció al safareig —el va informar la Claudina.

El brigada va donar ordre al guàrdia Asens que anés a buscar-la i la portés per començar un escorcoll.

—Hem rebut una denúncia segons la qual teniu gallines al vostre domicili, cosa que pot atemptar contra la legislació que preveu la tinença d'animals domèstics en pisos —li va dir el guàrdia per evitar que sospités que estava sota vigilància per l'assumpte de la nena desapareguda.

L'Enriqueta no va oposar resistència i va acompanyar el guàrdia fins al seu domicili.

—No poden entrar a casa meva sense una ordre —els va advertir l'Enriqueta.

Però, abans que pogués acabar la frase, els policies ja eren a dins i havien vist les nenes.

Mentre en Ribot entretenia l'Enriqueta fingint examinar el bany a la recerca de gallines, el guàrdia Asens va aconseguir parlar amb la nena que tenia els cabells rapats. Es va inclinar i va posar les mans sobre les espatlles de la petita, fent un esforç per mirar-la i veure el seu rostre en la foscor. La casa estava molt mal il·luminada.

—Com et dius, bonica? —li va preguntar.

—Felicitat —va dir la nena passant-se els dits per les celles, com si tingués por d'oblidar-ho.

—No et dius Tereseta? —va insistir el guàrdia.

La nena va dubtar per uns moments recordant els pessics de l'Enriqueta.

—Aquí em diuen Felicitat —va respondre suaument la nena aixecant els seus grossos ulls, on hi havia una llàgrima que l'Asens no va veure per la foscor.

La mirada, l'actitud, el to de la veu, els silencis entre un mot i un altre, tot en aquella nena indicava que estava atemorida, i al guàrdia Asens no li va passar inadvertit.

—Qui és aquesta nena? És filla seva? —va preguntar en Ribot a l'Enriqueta.

—No, ahir la vaig trobar a la ronda de Sant Pau. En veure que tenia gana i que estava perduda, me l'he endut a casa. Ella i la meva filla Angeleta han fet molta lliga. La nena m'ha dit on viu i he localitzat els seus pares, que vindran aquesta mateixa tarda a buscar-la.

En Ribot no va trobar cap rastre del nen ros de qui li havien parlat les veïnes. A més a més, aquella dona no podia haver recollit la Tereseta la tarda anterior perquè ell mateix i la veïna que va informar sobre l'assumpte havien vist abans les dues nenes. Tot era molt sospitós, però no va voler aixecar la llebre.

—Aquesta nena ha tingut molta sort que vostè la trobés. Els pares de segur que li estaran molt agraïts. I perdoni les molèsties. Ja sap com són les veïnes de tafaneres.

—No pateixi, vostè fa la seva feina —va dir l'Enriqueta dedicant-li una terrible mirada amb una llum vermella de triomf als ulls i apuntant un somriure, convençuda que havia aconseguit enganyar en Ribot.

A l'Enriqueta Martí, en aquells moments la preocupava ben poc la policia. La seva autèntica por era aquell vampir que havia estat a casa seva la nit abans. Es demanava com havia aconseguit localitzar-la i què és el que devia voler. En el millor dels casos, la seva topada havia pogut ser per casualitat i ja en tenia prou amb mi, la seva víctima.

Diumenge, 25 de febrer de 1912
Llers (Empordà)

Al bell mig del poble de Llers hi havia el castell medieval, amb amples muralles fetes amb còdols rierencs a la part exterior i amb morter de calç i sorra per a unir les pedres a l'interior. Tenia dos accessos. Orientada cap a llevant, hi havia l'entrada principal, amb una gran arcada que donava pas a les estances, el pati central amb un pou, la muralla amb merlets, les espitlleres, l'omnipresent torre circular de l'homenatge i la capella romànica dedicada a sant Esteve.

Pujant les escales principals s'arribava a la biblioteca, guardiana de les millors obres de la literatura universal, primeres edicions i llibres molts antics d'Isabel de Villena, Erasme, Ausiàs Marc, Homer, Bernat Metge, Virgili, Ramon Llull, Ovidi, Plató, Montaigne, Poe, Dante, Boccaccio, Maquiavel, Goethe, Shakespeare, Rousseau o Jordi de Sant Jordi, entre d'altres. Una altra escala portava fins a la planta noble, amb graons de pedra, una cúpula al capdamunt i les obertures en forma de balcons que donaven a l'escala, el centre de vida, el punt de trobada del castell.

Al gran saló de sostres alts hi havia una col·lecció d'obres d'art: Gauguin, Cézanne, Munch, Picasso, Macke i Schiele. Orientat al sud, hi havia el menjador, presidit per una taula de fusta d'una sola peça. Un passadís de les parets del qual penjaven armadures medievals i tapissos nobiliaris conduïa fins a les habitacions, les estances privades del comte Estruc. I, finalment, orientat al nord, hi havia un petit saló presidit per un gran piano de cua negre i unes grosses butaques entapissades de cuir vermell a la vora d'una gran llar de foc coronada per l'escut d'armes del comte. Era el lloc més fosc del castell i on es recloïa el comte en companyia del seu dip a llegir o tocar el piano.

Baixant les escales principals, a l'entreplanta, hi havia la cuina, la bugaderia, el trull i tres dels disset dormitoris que hi havia en total al castell. Finalment, les masmorres, el celler i la cotxera completaven les dependències de la fortalesa.

Jo reposava en un gran llit amb dosser d'una de les habitacions principals. Estava en un estat d'entreson. Vaig obrir els ulls i vaig mirar un moment en la foscor al meu voltant. No estava adormida, però havia perdut molta sang; estava tan feble que no podia fer cap esforç. A la meva vora, hi havia un home alt, amb uns llargs bigotis blancs, i vestit de negre. M'observava atentament les dues punxades que tenia justament sobre la vena jugular externa; no eren grosses, i no presagiaven res de bo. No hi havia cap senyal d'infecció; les vores eren blanques i semblaven gastades, com si haguessin estat maltractades. Estava més blanca i pàl·lida que mai. Fins i tot tenia els llavis blancs, i les genives semblaven haver encongit darrere les dents, que es veien més agudes i llargues que de costum.

—Ara et faré mal, però hauràs de confiar en mi, petita —em va dir amb una veu molt dolça.

Els meus ulls van parlar per la meva boca. Aquell home em va posar un aparell amb un tub en una vena del braç i va prémer amb força.

—No ha sortit ni una gota de sang! —va exclamar contrariat.

Llavors va tornar a pressionar amb més força, però tampoc no va donar resultat. El temps per a mi s'esgotava. Va fer un tercer intent, més fort que els anteriors, sense que aconseguís que em brollés sang de les venes.

De sobte em va treure el tub, va acostar la boca al meu braç escanyolit i va clavar-me els ullals en la vena. Ràpidament es va col·locar amb destresa l'aparell sobre el braç i va omplir el transfusor de sang. Jo, que abans tot just donava senyals de vida, vaig començar a moure'm en notar la sang nova i vivificadora que em corria pels òrgans centrals. Em feia mal el cap i sentia una pressió al pit molt forta. Era com si el cor hagués deixat de bategar. Llavors em vaig adormir.

En despertar-me, també ho van fer els meus pensaments, i els records em van anar apareixent d'un a un. Així vaig recordar haver estat arrencada de les mans d'aquella dona, el meu botxí. Aquell home estrany de llargs bigotis continuava amb mi, assegut en una grossa butaca d'orelles a la vora del llit.

Va endevinar i va respondre les preguntes que encara no havien sortit de la meva boca.

—Ets a casa. És normal, estàs atordida. Et dius Núria Estruc i jo sóc el teu avi, el comte Estruc.

I en cap moment no vaig dubtar d'aquella certesa. Des de llavors tenia un nom, un avi i un gos negre pelut i coix. En definitiva, una família. Vaig dibuixar un breu somriure i em vaig tornar a adormir.

Quan el comte em va rescatar, vaig sentir que s'estremien les seves entranyes, alguna cosa fosca i dolça a la vegada que feia que sentís bategar el seu cor una altra vegada, si no físicament, sí d'una manera subjectiva. Jo el vaig estimar des del primer dia. Érem sang de la mateixa sang.

***

Vam estar a Llers el temps suficient perquè em pogués recuperar. Ho vaig fer molt ràpidament. Al cap d'uns quants dies ja corria pel castell, sempre acompanyada del dip. El meu avi va posar tots els papers en regla on constava que jo era la seva néta. No va ser difícil, pagant sant Pere canta, però sí costós, i no va escatimar en despeses.

L'avi volia posar molta distància entre tot l'horror que jo havia passat o, més ben dit, aigua. No recordava haver sortit mai d'aquella casa del carrer de Ponent i ara em disposava a viatjar pel món. De primer vam agafar un tren en primera que ens va portar a París. L'avi va fer tapar les finestres del nostre compartiment amb unes cortines gruixudes; deia que necessitava descansar i així la llum no ens va molestar. En arribar a París, va fer cridar les millors modistes i em va vestir com una princesa de conte. Una vegada comprat i fet l'equipatge, vam pujar en un altre tren rumb a Cherbourg. Allà ens esperava un vaixell que ens portaria al nou món, a una nova vida llarga, molt llarga i plena d'esperança.

Dimarts, 27 de febrer de 1912
Entresòl, primera porta del carrer de Ponent, 29
(barri del Raval, Barcelona)

Havien passat disset dies des de la desaparició de la Tereseta. El brigada Ribot no volia perdre més temps. Convençut que en aquella casa no hi havia un pam de net, el primer pas era verificar si aquella nena d'ulls grossos i cabells rapats era la Tereseta, tal com sospitaven les veïnes i ell mateix. Va enviar el guàrdia Asens a buscar la seva mare, l'Anna, a fi que ho pogués confirmar, amb tan mala fortuna que no era a casa seva.

—Bon dia. Sap on puc trobar la senyora Anna o el seu marit, en Joan Guitart? —va preguntar a una veïna de cabells vermells que va treure el nas per veure qui trucava a la porta del costat de casa seva.

—En Joan, a aquestes hores, està treballant i l'Anna sol anar pel port a vigilar els emigrants que embarquen perquè ningú no s'emporti la seva filla —va respondre la veïna sense dubtar en veure aquell home d'uniforme—. Que han trobat la Tereseta?

—Vostè coneix la nena?

—I és clar.

—Acompanyi'm!

La dona es va embolicar amb un xal de llana negra i el va seguir. No van haver de caminar gaire; el carrer de Sant Vicenç estava molt a prop del carrer de Ponent. Qui havia de dir a aquells pobres pares tan preocupats que la filla era només a unes quantes passes de casa seva.

El brigada Ribot va demanar més reforços a la policia i, acompanyat del guàrdia Asens, la veïna i uns quants agents més, va irrompre al domicili de l'Enriqueta. Aquesta vegada no va ser gens amable.

—Es pot saber què passa? Vostè una altra vegada? —va preguntar la dona fora de si en reconèixer en Ribot i veure com entraven a casa seva tots aquells homes uniformats.

Dos dels policies la van empènyer cap a la cuina perquè no molestés, mentre els altres escorcollaven totes les habitacions. En una van trobar tancades amb clau la Tereseta i l'Angeleta en un estat lamentable.

—El seu nom és Felicitat i és filla meva —va mentir l'Enriqueta en preguntar-li per la Tereseta.

La nena va assentir amb el cap donant la raó a la dona, de tan atemorida que la tenia.

—I l'altra? —li va preguntar en Ribot.

—També és filla meva.

El brigada Ribot va fer entrar la veïna del carrer de Sant Vicenç. Va observar la nena rapada, els seus grossos ulls enfonsats en una mena d'ombra, gairebé apagats de tant de plorar. Malgrat aquell canvi físic tan rotund, no en va tenir cap dubte: era la Tereseta.

—Em dic Tereseta! Vull anar amb la meva mare! —va

confessar la nena entre sanglots llançant-se als braços de la veïna.

Els agents van descobrir un autèntic i morbós horror en aquell tuguri brut, fètid, infecte, tenebrós i sòrdid. En obrir un armari, van trobar roba de nen, roba de llit i un ganivet degollador ensangonat.

—I què és tot això? —va continuar en Ribot, esborronat amb un sac ple d'ossos a la mà.

—Són per a estudis anatòmics —va respondre l'Enriqueta sense despentinar-se.

—Tots a comissaria! —va ordenar en Ribot.

—Esperi que posi a la nena un vestit més decent —va demanar l'Enriqueta.

La Tereseta feia llàstima; anava vestida amb un parrac blau cel tot ple de forats que deixaven entreveure el seu petit cosset farcit de taques blaves i negres, que indicaven el lloc on s'havien acarnissat els pessics de l'Enriqueta.

—Decència? Vostè no la coneix! La nena surt tal com va, perquè tot el barri la vegi i sàpiga com l'ha tractat! Senyora, està detinguda! —li va dir en Ribot.

Van cobrir l'Enriqueta amb una manta per protegir-la de la mirada dels curiosos que no van parar d'increpar-la. Ella, impassible, no parpellejava; únicament, i a intervals, feia algun sospir de ràbia continguda. La van introduir ràpidament en un cotxe, custodiada per dos agents. El seu rostre no denotava vergonya ni por. La còlera, l'odi i la desesperació es van anar apoderant de mica en mica d'ella a mesura que s'anaven acostant a la caserna del carrer de Sepúlveda. La remor de la seva detenció va córrer com la pólvora; una gentada s'hi va congregar a les portes, vigilats per guàrdies municipals de cavalleria. De cop, la multitud va intentar assaltar la caserna per linxar la detinguda i els guàrdies armats van intervenir amb duresa contra la població.

De seguida, la comissaria es va omplir d'autoritats: el batlle, Joaquim Sostres, diversos regidors, el secretari de l'Ajuntament. El cap superior de policia, Millán Astray, anava i venia atenent-los, inflat com un titot, orgullós de la detenció.

—Una neuròtica que es creu una remeiera, un cas de bruixa antiga que en un altre temps hauria estat cremada a Zocodover —va dir Millán Astray a l'alcalde referintse a l'Enriqueta.

—Per sort, els temps han canviat i no creiem en superxeries.

El batlle va estrènyer efusivament la mà del brigada Ribot tot felicitant-lo per l'èxit aconseguit. Després li van presentar el guàrdia Asens. El senyor Sostres el va abraçar i li va dir:

—Actes com el que vostè ha fet ennobleixen el Cos.

De seguida van anar a veure les nenes per reconfortar-les. L'Enriqueta també era amb elles, amb els canells lligats a l'esquena.

—Teniu gana? —els va preguntar l'alcalde. Eren dos quarts de dues de la tarda i encara no havien menjat res.

Les nenes van negar amb el cap. Tots van quedar molt sorpresos; només calia mirar les seves caretes per comprovar que estaven mortes de fam.

—De segur que no voleu prendre alguna cosa? —els va dir el guàrdia Asens sense donar-se per vençut.

Les dues nenes es van quedar mirant l'Enriqueta Martí, i ella va assentir amb el cap. Llavors van acceptar el menjar. En adonar-se les autoritats de com d'alliçonades tenia aquella malvada dona les nenes perquè mentissin o diguessin el que ella desitjava en cada moment, la van fer traslladar ràpidament als calabossos del jutjat barceloní.

Els pares de la Tereseta, en assabentar-se que la seva filleta havia aparegut, van córrer a trobar-la. No van poder evitar les llàgrimes d'alegria per tenir-la una altra vegada amb ells i d'amargura en veure l'estat tan llastimós en què es trobava i com devorava un tros de pa amb formatge. Tanta gana tenia la pobra nena que feia molt de soroll mastegant i aquest encara s'accentuava més en cada mossegada. A la mare, aquesta barreja de sentiments li van fer agafar un cobriment de cor i van haver de cridar un metge. Per sort, només va ser un ensurt.

A les cinc de la tarda, el jutge, el fiscal i l'oficial criminalista van començar les diligències i van ordenar l'ingrés de l'Enriqueta Martí a la presó de Reina Amàlia.

***

L'Enriqueta va ser conduïda per passadissos i galeries fosques, va pujar i baixar diversos graons i els guàrdies que la custodiaven finalment la van introduir a empentes en una cel·la.

—Quant de temps penseu que trigaré a sortir? Tinc amics poderosos! Teniu nens petits? —va dir l'Enriqueta als guàrdies, amenaçadora, tot mostrant-los els seus grossos ullals.

L'Enriqueta feia grans gambades davant els barrots de la seva finestra, escabellada, amb els ulls encesos i empenyent la paret amb l'espatlla. Tenia l'aire ferotge d'una lloba famolenca. Espantava. El seu aspecte era aterridor.

—Necessito sang! Necessito sang! —bramava amb una veu d'ultratomba.

Feia massa dies que era en aquella cofurna. Els seus plans no havien sortit com ella esperava i ningú no havia vingut a salvar-la. La desventurada es va sentir profundament abandonada pels seus.

—Vull parlar amb Millán Astray! Vull fer una confessió! —va cridar de sobte.

Tot i ser les dues de la matinada, al cap de molta estona van venir quatre guàrdies a buscar-la, li van lligar les mans a l'esquena i la van dur fins al que semblava la sala d'interrogatoris. Va veure escampats per terra terribles instruments que ella coneixia molt bé. L'Enriqueta va quedar palplantada al mig de l'habitació. En una cadira al fons, entre penombres, estava displicentment assegut Millán Astray, el cap superior de policia. Els seus cabells negres i engominats deixaven al descobert unes amples entrades; en el seu rostre es dibuixaven uns bigotis de formigues, la dentadura picada i irregular, les celles tèrboles, els ulls freds mig tancats com per mirar sense ser vist. A un senyal seu, dos guàrdies van agafar l'Enriqueta i la van asseure en una cadira.

—Traieu-me les mans de sobre! —va cridar amb ràbia, incorporant-se amb la seva cabellera revolta. Llavors va aixecar els seus ulls vermells i es va quedar mirant fixament Millán Astray.

Ell es va dur un dit a la boca fent una demanda que imposava el silenci.

—Si per mi fos, ara mateix et cremava a la mateixa plaça de Sant Jaume —li va dir el cap de policia.

—No pots matar una morta —el va reptar ella.

—Et puc clavar una estaca de plata al mig del cor.

—Superxeries! —va dir rient la malvada dona—. Per què no ho deixes córrer? T'enfrontes a gent massa poderosa, persones importants a qui no agradarà gens que un fantotxe com tu els espatlli els plans.

—Quins plans? — va preguntar amb interès Millán Astray.

—La creació d'una raça superior que no solament té el dret, sinó també l'obligació, de subjugar i fins i tot exterminar les inferiors.

El rostre de l'Enriqueta a cada instant canviava de color i de ganyota. Parlava estesament, divagant. Els seus ulls astuts escrutaven el semblant del seu interlocutor, tot intentant descobrir l'efecte de les seves paraules.

—Qui sou, vosaltres? —va preguntar Millán Astray sense entendre un borrall del que li explicava aquella dement.

—Gent poderosa.

—Noms.

—I si no te'ls dic, què em faràs? —el va reptar l'Enriqueta.

—Puc tallar-te el coll.

L'Enriqueta va empal·lidir encara més, si era possible. Aquella era una de les maneres més eficients de destruir un vampir.

—O bé —va afegir amb molt d'èmfasi Millán Astray— allotjar-te en una de les cel·les més assolellades de la presó.

De sobte, el rostre de l'Enriqueta, consumit i exhaust, es va fer terri. Un cadàver no causaria tanta repugnància. Els seus ulls van parpellejar vitris.

—Que escorcollin el pis! Que piquin bé les parets i hi trobaran una agenda! —va començar a cridar l'Enriqueta fora de si. No hi havia mort més horrible que aquella.

Millán Astray era conscient que estava davant una de les criminals més terribles i cruels de les que havia trobat al llarg de la seva carrera. L'Enriqueta, moguda per un fanatisme vesànic, havia anat matant nens durant deu anys per xuclar-los la sang, treure'ls els greixos i fabricar ungüents. Però al darrere d'aquests aberrants crims de l'Enriqueta Martí hi havia d'haver persones amb prou recursos econòmics per a satisfer les seves pervertides necessitats. En aquesta agenda hi havia la llista de què tothom parlava, però ningú no coneixia, una relació de noms i domicilis en la qual, es deia, figuraven metges, advocats, comerciants, algun escriptor, polítics i altres personalitats. Millán Astray va dibuixar un somriure. Aquella boja li acabava de fer una confessió molt valuosa i important per a la seva pròpia carrera personal.

—Emporteu-vos-la! —va ordenar als guàrdies.
I l'Enriqueta va tornar a la cel·la.

***

No solament van escorcollar el pis del carrer de Ponent, sinó també els altres domicilis on l'Enriqueta havia residit durant els últims deu anys. I el resultat va ser aterridor: en tots els pisos tenia amagats autèntics ossaris. En un pis del carrer dels Tallers, al pati d'una casa del carrer dels Jocs Florals de Sants, en un altre del carrer de Picalqués va ser descobert un fals envà que ocultava un buit en què van aparèixer més ossos i un mitjó de nen que devia pertànyer a un fill de família molt humil, perquè estava sargit i afegit des de la meitat amb fil d'un altre color. I en una torre de Sant Feliu de Llobregat van aparèixer llibres de receptes i nous flascons amb substàncies desconegudes.

Deu van ser les criatures identificades com a víctimes de l'Enriqueta Martí que es van incloure en el sumari.

La sotragada va ser tan gran que durant un temps no es va parlar d'una altra cosa a Barcelona. Els diaris hi dedicaven bona part de les seves pàgines i la història de la vampira del carrer de Ponent es va convertir en un fulletó macabre que els lectors llegien amb avidesa.

De seguida va córrer el rumor d'una llista amb personatges famosos còmplices de la coneguda ja per tothom com la «vampira del Raval». La indignació i la fúria van començar a apoderar-se del poble de Barcelona. El diari

ABC assegurava que «els noms i domicilis continguts en aquesta llista són de persones conegudes pel seu amor a la caritat, gent que van ser víctima dels estratagemes de la fetillera, que coneixia per haver acudit a casa a demanar almoina». Les afirmacions del diari conservador van resultar curioses, si tenim en compte que la famosa agenda no va aparèixer enlloc.

Els plans de l'Enriqueta s'havien espatllat en ensopegar amb aquell ambiciós cap de la policia. Perduda en la foscor, tancada, la vampira del Raval, freda com la nit, com la mort, sense moviment, gairebé sense alè, insensible, gelada, petrificada, s'arraulia en el jaç de la seva cel·la. La humitat es filtrava a través de les pedres de les parets i deixava discórrer a intervals regulars una gota d'aigua. Maquinalment, escoltava el soroll d'aquella gota en caure al bassal que havia format. De cop, ansiosa de sang i sense pensar-s'ho dues vegades, es va fer una mossegada a les venes dels canells amb els grossos ullals. Va tancar els ulls, va deixar caure el cap sobre el pit i es va fer la morta. Des d'aquell moment ja no es va moure.

Això va fer pensar que l'Enriqueta es volia suïcidar, cosa que va causar una gran consternació i indignació en el poble, que veia com els crims de certs personatges influents i poderosos contra els seus nens indefensos podien quedar impunes amb la mort de la vampira, ja que el judici encara no s'havia celebrat. La crispació anava augmentant.

Les autoritats van prendre moltes precaucions perquè la vampira no se suïcidés. La van canviar de cel·la; ara ja no estava incomunicada. La nova era enorme, allargada, humida, banyada en una penombra vaga i trista. Hi havia quatre llits de ferro on dormien les recluses que la vigilaven. Se li va prohibir cobrir-se el cap. Quan la veiessin tapar-se, tenien ordre de destapar-la. Hi havia quatre cadires de boga i una latrina. La penombra semblava transformar-se en tenebres. L'Enriqueta tenia el rostre groc, exànime. Les mans primes, esquelètiques, emergien dels llençols. La penombra, carceràra, fluïa de la finestreta sòrdida. Observava la lluna plena mentre una gran ratapinyada l'observava a ella.

La presó de Reina Amàlia era el paradigma del menyspreu per la vida en tots els seus vessants. L'absència total d'higiene, el rigor de la disciplina, l'escassa i pèssima alimentació i la corrupció de funcionaris feien que aquell lloc fos el més abjecte de Barcelona. En aquell cau infecte, la malvada Enriqueta va restar en mans dels humans que la custodiaven dia i nit, aquells que ella tant menyspreava i que considerava inferiors eren ara els seus carcellers.

La Tereseta i l'Angeleta es van convertir en figures públiques aclamades pel fervor popular. Fins i tot es va fer una representació en honor seu al Teatre Tívoli, a la qual elles mateixes van assistir.

La Tereseta va tenir un final feliç i va tornar amb els seus pares. Com va declarar ella mateixa: «Ara sóc més famosa que la Xelito».

A l'Angeleta no li van anar tan bé les coses. L'Enriqueta va declarar que la nena era filla de la seva cunyada, nascuda fora del matrimoni. Però no es va poder corroborar. De tot arreu arribaven mares i pares pobres amb l'esperança que l'Angeleta fos la seva filla robada anys o mesos abans. La premsa va fer campanyes per pagar els viatges. Cap matrimoni no va poder demostrar que l'Angeleta fos la seva filla i la pobra nena va acabar en un hospici.

Del meu estimat Pepito, no se'n va saber res més.

Dimecres, 10 d'abril de 1912
Moll de Cherbourg (França)

El *Titanic* portava retard. Aquest era l'únic tema de conversa entre els viatgers de primera classe del *Train Transatlantique* a l'arribada de l'estació del moll de Cherbourg. No era una bona notícia després d'un trajecte de sis hores des de París. El meu avi es va treure amb una mà el rellotge de plata de la butxaca, en va observar amb atenció les busques que indicaven l'hora amb precisió i amb l'altra mà es va recaragolar els seus grans bigotis. No va fer cap comentari. Vam esperar tranquil·lament en el nostre compartiment fins que el tren es va buidar per complet. L'avi em va col·locar un enorme i preciós barret de vellut vermell, amb una tela transparent que em cobria la cara i em protegia de la llum, dissenyat especialment per a mi per les prestigioses modistes de París, ben igual que l'elegant abriguet que portava a joc. Llavors vam baixar, jo sempre de la mà de l'avi. El bullici de l'andana, farcida de gent, de mossos que empenyien carretons carregats fins al capdamunt de baguls i maletes de pell, era eixordador.

Feia un fred dia de primavera, i els protagonistes eren els núvols que no deixaven brillar el sol, que, avorrit de no poder lluir com calia, de seguida es va amagar. Els passatgers vam embarcar en els transbordadors. El terra de la sala del *Nomadic* aviat va començar a vibrar i va sortir fum de la seva única xemeneia, quan el transbordador va iniciar camí cap a l'espigó.

Una mica abans de les set de la tarda vam albirar sobre l'horitzó un majestuós transatlàntic. El solc del gegantesc *Titanic* va fer balancejar suaument el nostre transbordador.

***

Cabussant-me en la meva llarga memòria, la primera imatge bella de la meva vida és la del vestíbul d'aquell palau flotant. Era de parets blanques amb el terra de dibuixos blancs i negres. Dues portes de roure amb vidrieres emplomades el comunicaven amb la sala de recepció, que envoltava les corbades balustrades de la magnífica escalinata i l'entrada al menjador de primera classe, amb el terra cobert de sumptuoses catifes. Era coneguda com la Sala de les Palmeres, pels seus acollidors conjunts de butaques i taules de vímet col·locats entre testos amb plantes de fulles grans i verdes. Era un dels espais públics més populars del vaixell, on els passatgers es reunien abans de sopar i prenien cafè després mentre tocava l'orquestra.

Un exèrcit de cambrers uniformats esperaven els passatgers de Cherbourg per acompanyar-nos a les cabines. Un d'ells ens va agafar l'equipatge i el va portar a una espaiosa i elegant suite a la coberta B, on vam pujar amb ascensor.

Tot i que aquella primera nit s'havia prescindit de l'etiqueta, el meu avi es va abillar amb un esmòquing negre i una corbata de llacet blanca, barret de copa i unes sabates lluents que el feien molt elegant. Jo vaig triar per a l'ocasió un dels vestits que m'havien fet les modistes a París. Tenia diverses capes de gasa de color blau pastel, una faixa de seda de color rosa lligada a la cintura i les mànegues bombades i rivetejades amb encaix. No portava arracades; mai ningú no em va foradar les orelles. Com a única joia duia al coll un petit penjoll en forma de cor d'or rosa encastat amb un diamant, que m'havia comprat l'avi a la famosa joiera Cartier.

En descendir de la mà del meu avi per la gran escalinata de fusta de roure amb una barana decorada amb or, il·luminada per uns querubins de bronze i coronada per una cúpula de vidre per la qual es reflectia la llum de la lluna, no vaig poder sinó sentir-me aclaparada per les dimensions i el luxe del saló. Ens va rebre una remor de veus barrejada amb música de Puccini i Txaikovski. Molts dels passatgers que havien embarcat a Southampton ja estaven asseguts a les taules curosament parades amb tovallons de lli artísticament doblegats i col·locats drets al costat de la vaixella de porcellana amb una vora daurada i del joc de coberts de plata.

Compartíem una taula gran amb gent molt important segons que em va explicar el meu avi: el coronel John Jacob Astor, el senyor Benjamin Guggenheim, una senyora molt simpàtica anomenada Margaret Brown i la seva amiga Emma Bucknell, Edith Rosenbaum, una jove i talentosa dissenyadora, i un matrimoni espanyol de lluna de mel, els Peñasco, Víctor i Pepita, que pertanyien a l'aristocràcia madrilenya. Encara a l'atapeïda taula quedaven dues cadires buides.

El menú era llarg i pompós, amb molts plats: l'aperitiu, canapès salats, sopa, peix, aviram, carn vermella i amanida. Tot i això, el meu avi i jo vam deixar els plats escurats. Estàvem afamats. Aquella nit vaig degustar el pastís més bo i deliciós que mai he tastat, el pastís Waldorf, un pa de pessic glacejat de xocolata amb avellanes.

Aquelles persones parlaven en llengües estranyes per a mi. Per sort, el meu avi, que semblava que tenia el do de llengües, em traduïa tot el que deia aquella gent sense perdre'n detall.

—Com et dius, bonica? —em va preguntar la senyora Pepita.

—Núria —vaig respondre després de la traducció de l'avi.

—I quants anys tens?

Vaig quedar muda i vaig mirar el meu avi. Fins llavors ningú no m'ho havia preguntat. Ell de seguida va comprendre el meu neguit. Em va donar una ullada i va fer un càlcul ràpid.

—Vuit —va respondre ell mateix.

—I els seus pares?

—Morts —va dir el meu avi, i aquí es van acabar les preguntes.

De cop, per l'elegant escalinata va aparèixer la dona més enigmàtica de tot el vaixell. Es va aturar uns segons, es va tombar per contemplar el quadre tallat en fusta, presidit per dues figures situades per sobre d'un rellotge, i va llegir en veu alta la frase que hi tenia escrita a sota:

—L'honor i la glòria sempre estaran per sobre del temps.

Potser es va aturar perquè la contempléssim nosaltres a ella, per donar-nos temps a pair la seva presència. Anava acompanyada d'una altra dona rossa, alta, pàl·lida, prima, irradiava transparència, tota vestida de negre. En canvi, ella tenia la pell del color de l'olivera i una figura petita, i portava els cabells negres en tirabuixons recollits amb una diadema d'or. Tenia els pòmuls prominents, els ulls enfonsats, el nas gros i ganxut, i la barbeta afilada i altívola. Anava coberta fins als turmells amb una túnica de seda xinesa de color malva, amb brodats de perles i fils d'or. Calçava sandàlies de palma teixida plenes de joies. A les orelles punxegudes duia dues arracades amb les perles naturals més grosses que mai ningú no havia vist. Envoltant el coll, àgates, lapislàtzulis, ametistes, coral·lines, granats, malaquites i topazis. I uns braçalets d'or en forma de cobra li adornaven els braços. El misteri de les dues cadires buides va quedar resolt.

Se'm va acostar. La seva respiració es va tornar estentòria, va obrir la boca i les pàl·lides genives estirades cap enrere van mostrar les seves dents llargues i esmolades.

—Quina nena més maca! —va exclamar amb una veu suau i voluptuosa, en un català perfecte que a tots ens va sorprendre mentre reposava en la meva espatlla una de les seves mans de dits prims replets d'anells i unes ungles llarguíssimes curosament tractades amb una manicura exquisida. El meu avi li va agafar la mà pel canell i me la va treure de sobre.

—Núria, si ja has acabat de sopar, pots anar a fer un tomb pel vaixell.

Vaig assentir amb el cap amb un gran somriure. De dia sempre anava agafada de la seva mà; però, en pondre's el sol, em deixava completa llibertat, i jo, en aquell moment, estava desitjant poder explorar aquell vaixell tan magnífic. Vaig marxar en un tres i no res, mentre els grans continuaven amb les seves llargues i avorrides converses, de les quals era sabedora que no em lliuraria. El meu avi, abans d'anar a dormir, sempre em contava fil per randa tot el que li havia succeït o li havien dit; també m'explicava un munt d'aventures que li havien passat al llarg de la vida. De vegades parlava i parlava encara que jo ja m'hagués adormit. Era com si ho estigués gravant en un magnetòfon.

De seguida es van fer les presentacions. La misteriosa dama era la princesa Amen-Ra i la seva acompanyant simplement s'anomenava Sara.

—És vostè egípcia? —li va preguntar la senyora Emma Bucknell, malgrat que era una obvietat.

La princesa va assentir amb el cap.

La senyora Emma Bucknell i la seva amiga Margaret Brown van començar a picar de mans molt emocionades. Acabaven de fer un llarg viatge per Egipte i de seguida la conversa els va transportar a tots a aquest país africà i al Nil i a les seves famoses piràmides.

—És el primer viatge que fa a Nova York, senyoreta Edith? —va preguntar la princesa per girar la conversa. Semblava que no tenia cap interès de parlar del seu país amb aquells desconeguts.

—Sí. Però és estrany... Sentia una il·lusió tremenda al tren anant cap a Cherbourg per viatjar en el *Titanic*. Però, en arribar-hi, mentre esperava el vaixell, he començat a posar-me nerviosa sense motiu aparent, fins al punt que un cop a bord he preguntat com podria recuperar el meu equipatge per tornar a terra immediatament —va dir tirant-se sobre les espatlles l'abric de pell d'esquirol que havia portat al menjador per si feia fred.

—Vostè mateixa ho ha dit: això són els nervis del viatge. Aquest vaixell és insubmergible! —va intentar tranquil·litzar-la el senyor Guggenheim, també conegut com el Rei del Coure, un *playboy* descendent d'una família nord-americana dedicada a la mineria i la metal·lúrgia.

—No ho sé. Jo també tinc una estranya sensació, com si alguna cosa dolenta estigués a punt de succeir —va confessar la senyora Emma Bucknell.

—Bajanades! —va exclamar la senyora Margaret Brown.

—Senyors, crec que, arribats en aquest punt, hem de deixar que les senyores parlin de les seves coses i nosaltres hem de passar a la sala de fumadors —va proposar el senyor John Jacob Astor, que no havia participat en tot el sopar de la conversa i semblava que desitjava perdre de vista totes aquelles dones, incloent-hi la bellesa del Nil i les seves superxeries.

El coronel Astor era, sens dubte, l'home més ric de tot el vaixell. Tenia quaranta-set anys i era besnét d'un pròsper comerciant en pells. Ell havia ampliat la fortuna familiar amb la compra d'hotels i acabava de protagonitzar un escàndol, causat pel seu divorci i les seves accelerades noces amb una dona novaiorquesa de divuit anys, Madelaine, que estava embarassada i aquella nit s'havia quedat descansant a la cabina. Ells també havien estat a Egipte, on havien anat per ocultar-se dels paparazzis.

—Una gran idea, però a mi m'hauran d'excusar. Vaig a buscar la meva néta; ja és hora de ficar-la al llit. —El meu avi els va col·locar exactament això, una excusa, ja que jo acostumava anar-me'n al llit gairebé sempre a trenc d'alba.

La princesa Amen-Ra va fer un somriure misteriós a l'avi ensenyant-li els ullals. Ell li va respondre amb la mirada. El molestaven les sorpreses i no esperava trobar altres vampirs al vaixell. Va poder comprovar que la Sara també n'era una. Se sentia incòmode en aquella situació. Coneixia les regles del joc, però no hi volia jugar; només volia arribar a Nova York i començar amb mi una nova vida. És per això que va decidir ignorar-les.

***

Al meu avi no li agradaven els vaixells. Avorria la sensació que el terra es mogués sota els seus peus. No comprenia com era possible que els humans ho suportessin.

Sempre que s'havia embarcat, alguna cosa acabava malament. Ara, però, l'embarcació semblava bastant estable; res no es movia mentre el vaixell mantenia el rumb a través de la part baixa del canal.

El meu avi em va buscar pel vaixell i, en no localitzar-me, va pensar que em trobaria a la cabina. La luxosa *suite* disposava d'un saló amb llar de foc de marbre, bany i fins i tot una terrassa privada decorada amb plantes i fusta tallada. En entrar-hi, va percebre una aroma molt fina de cafè que venia de la terrassa. Es va sorprendre molt en veure la Sabana asseguda tranquil·lament prenent-ne una tassa.

—Bona nit, Sabana. Començo a pensar que has agafat gust al món dels vius. Si no vols tornar al dels morts, ja saps que et puc ajudar. —El comte va somriure, i en córrer els llavis cap enrere sobre les genives, les canines, llargues i agudes, es van mostrar extraordinàries.

—Això és el que jo vull, descansar eternament, però no em deixen. Espero que no et faci res; he demanat un cafè al teu majordom.

—Ets a casa teva. Has vingut a complir la teva paraula?

—Què vols dir?

—Em vas prometre dues coses.

—Ja ho sé, tinc bona memòria. Però tu encara no has complert la teva part.

—L'Enriqueta és a la presó.

—I això és un problema per a una vampira? T'he de recordar les vegades que tu mateix has fugit de llocs més ben custodiats! L'Enriqueta i els seus amics són molt perillosos. El mes passat van entrar al pis de l'Enriqueta segellat pel jutjat i davant els nassos de la policia que el custodiava es van endur uns objectes voluminosos molt determinats, els quals podien constituir proves fefaents, la seva col·lecció sencera de vestits luxosos i, sorprenentment, també van robar un enorme matalàs que aparentment no constituïa cap prova. A ningú no se li havia acudit abans examinar-lo a fons. També va desaparèixer una agenda amb noms de clients, llocs, dates i tarifes de preus dels treballs efectuats per l'Enriqueta Martí amb les transaccions de material humà. Les proves trobades indiquen que té amics molt poderosos a la ciutat, membres de la noblesa i l'alta societat catalana. De fet, ella ja els ha llançat una advertència des de la presó.

—Encara no sé on vols anar a parar. I encara menys què hi tinc a veure jo.

—Crec que és bastant clar. Qui necessita sang humana per subsistir? Vampirs. S'està organitzant una societat secreta, de gent poderosa que busca la immortalitat per dominar el món.

—Un món dominat per vampirs!

—I guerres, moltes guerres. Una primera guerra mundial, una guerra civil i una segona guerra mundial. Tenebrosos núvols cobriran l'horitzó. Una ombra estranya s'estendrà a poc a poc sobre els homes, les coses, les idees.

—I per què hi hauria d'estar jo en contra? Per mi seria el món ideal.

De cop, un núvol molt negre va aparèixer sobre la terrassa i va començar a tronar amb força. Era evident que la Sabana s'estava enfadant.

—No deus voler que torni? Saps els diners que m'ha costat aquest viatge?

—Tu mateix. Però aquest vaixell em dóna malastrugança. Per no parlar de la profusió de vampirs.

I dit això es va convertir en un ocellot negre i es va perdre en l'horitzó.

El meu avi es va quedar assegut i pensarós. No estava segur que li agradés un món de vampirs; ja s'hi havia relacionat en altres èpoques. La seva experiència als Carpats i la trobada amb en Vlad van ser tota una vivència, una de les parts més fosques de la seva vida. Era un home curiós i s'hi va estar molt de temps, massa, fins a arribar a la conclusió que aquella no era la vida que volia viure. Si no podia morir amb dignitat, almenys hi volia viure. Malgrat tot, encara tenia consciència, de vampir, però consciència al capdavall.

***

En sortir del menjador, el dip de seguida em va venir a buscar. Feia una vida autònoma a dalt del vaixell, s'hi havia embarcat com a polissó en companyia dels sacs del correu, i no perquè el meu avi volgués estalviar-se els diners del seu passatge. Molts dels passatgers viatjaven amb els seus gossos, però el dip no era nostre.

El cost del passatge no era barat i per les mascotes es cobrava el mateix que per un nen, motiu pel qual només els passatgers de primera classe podien permetre's el luxe de viatjar amb els seus gossos. Va ser imperatiu que els seus gossos viatgessin amb el seu mateix estil mentre estiguessin a bord del vaixell. Per això el *Titanic* posseïa caneres per als gossos de primera classe a la coberta F, que semblaven ben construïdes i bastant confortables. No obstant això, es va permetre a les mascotes romandre a la cabina amb els seus propietaris. Hi havia tants gossos de raça a bord que s'havia previst l'organització d'un petit xou per al dilluns 15 d'abril.

Ens vam dirigir cap a proa, on hi havia el pont de comandament i la sala de radiotelegrafia Marconi. Caminàvem sigil·losament com els gats, sense ser vistos. El pont de comandament era elegant, detallat i elaborat amb una cura minuciosa. Al timó, el capità Edward J. Smith, un home orgullós i de barba blanca, molt estimat pels membres de la tripulació i els passatgers.

Darrere justament del pont, molt a prop del capità, vaig descobrir un sarcòfag policromat, de fusta i guix, en què hi havia inscripcions jeroglífiques i que duia pintada la figura d'una dona que s'assemblava molt a la princesa Amen-Ra. Per uns moments vaig estar temptada d'obrirlo, però el dip em va mossegar la vora del vestit i em va estirar perquè ho deixés córrer. Li vaig fer cas. No era la primera vegada que la meva curiositat em donava un bon ensurt.

Vaig tornar a coberta i vaig seure en una de les hamaques. Feia molt de fred, però no volia desaprofitar l'oportunitat de respirar aire fresc. Embolcallada amb una manta, em vaig agafar les sabates amb les mans, arraulida com un cuquet. Em petaven les dents. El dip se'm va posar a sobre de la falda per fer-me calor. Li gratava el clatell i ell roncava com un gat. A la llunyania, observava els llums de la costa francesa i els dels pals d'altres vaixells. El cel estava serè. Les estrelles brillaven sobre l'Atlàntic.

De sobte vam veure uns ulls vermells que corrien per la coberta. Era una rata immensa i amb una cua llarga. Tots dos ens vam llançar sobre l'animal, però jo vaig ser més ràpida. Em vaig arrossegar sobre els genolls, vaig arribar amb prestesa i vaig agafar la rata amb les mans. Un instant després estava una altra vegada asseguda a l'hamaca. Vaig començar a estrènyer la rata, que gemegava i es movia bruscament provant d'escapar-se. El dip observava l'escena amb atenció. La meva boca vermella reia i les meves dents blanques i agudes brillaven sota la resplendor de la lluna, al mateix temps que no apartava els ulls de l'animal, i de cop no ho vaig poder evitar i li vaig fer una mossegada. M'havia lliurat a l'èxtasi de la meva possessió; no veia ni sentia res.

—Treu-te això de la boca ara mateix! Però a tu ningú no t'ha ensenyat bones maneres!?

Era la Sara, l'acompanyant de la princesa Amen-Ra. Aquella dona rossa i pàl·lida tota vestida de negre m'estava renyant de valent com ho faria una institutriu.

El dip es va posar en guàrdia. Estava posseït com per una mena de ràbia, amb els ulls brillant-li salvatgement i tots els pèls eriçats com la cua d'un gat quan s'està preparant per a la baralla.

—I tu? Se suposa que has de tenir-ne cura. És una nena petita! —el va renyar la dona agafant-lo pel bescoll sense acovardir-se.

El dip va pujar d'un salt a l'hamaca, es va enrotllar sobre si mateix i es va amagar sota la manta. Era ben clar que em deixava sola. La dona es va treure un mocador blanc de la butxaca i em va fregar els llavis tots bruts de sang. Després va agafar la rata per la cua i el mocador i els va llençar per la borda.

—Núria! —em va cridar una ombra negra de veu coneguda.

La dona li va llançar una mirada ferotge i va fer un senyal d'acatament ben igual que el dip havia fet molts anys enrere. Jo vaig córrer a trobar el meu avi i ella va desaparèixer.

***

Quan em vaig despertar l'endemà, vaig descobrir l'avi fent les maletes, encara que no les havíem desfet del tot. La mar estava en calma, i per la llum que a penes entrava per les gruixudes cortines s'endevinava que el sol brillava amb força.

Em va fer prendre el meu reconstituent habitual, un bon tassó de sang calenta que em feia beure cada matí i jo m'empassava sense fer preguntes. Encara era molt petita per a demanar-me d'on sortia aquella sang tots els matins fóssim on fóssim, fins i tot al mig de l'Atlàntic. Va fer que ens servissin el desdejuni a l'habitació; va pensar que al menjador hi hauria massa claror. Un cambrer ho va fer de seguida: ronyons de xai a la planxa amb bacó, arengades fresques, blat de moro cuit, pastissos de fajol i pa blanc.

Havent desdejunat, l'avi va cridar el majordom i li va donar ordre que tingués a punt l'equipatge per a desembarcar a Queenstown. Estava resolt a no passar una nit més al *Titanic*. Era un lloc de mal averany. La mort hi rondava lliurement, sense témer ni tan sols la llum del sol.

Quan, cap a les 13.30 h el *Titanic* es disposava a llevar l'àncora, vam baixar per embarcar a l'*Ireland*. Anàvem tapats de cap a peus perquè ni un bri de llum no ens toqués la pell. De cop vam veure que una figura femenina coberta amb una espècie de burca negre corria cap a nosaltres per la passarel·la carregada amb una maleta de pell. Era la Sara.

—Crec que aquesta nena necessita que la cuidin més que la meva ama —va dir amb la veu mig nuada, amb por de ser rebutjada.

El meu avi va assentir amb el cap i li va oferir la mà per ajudar-la a embarcar.

Vam observar com s'allunyava el *Titanic* amb el seu buc negre i blanc, majestuós. Les gavines volaven en cercle sobre el seu deixant. Només set dels tripulants i un gos negre, pelut i coix, vam desembarcar a Queenstown, avui coneguda com a Corcaigh, l'última parada abans del nou món. Ja no hi havia marxa enrere. Molts passatgers emprenien el darrer viatge de la seva vida. Però això és una altra història que potser us explicaré un altre dia.

Diumenge, 12 de maig de 1913
Llers (Empordà)

Dormia plàcidament a la meva habitació. Ja feia temps que les pors s'havien esvaït; em sentia segura al costat del meu avi. De cop vaig percebre un soroll. Vaig obrir els ulls. L'habitació era fosca. Tot i això, vaig albirar un ulls vermells que em miraven. Vaig tancar les parpelles aterrida; no respirava. Em vaig incorporar; el meu rostre estava lívid, tenia els ulls desorbitats, fixos en alguna cosa horrible.

—Enriqueta —vaig dir amb un fil de veu.

Totes les desgràcies passades van desfilar al meu davant com un llampec i em vaig deixar caure al llit, gelada per l'espant.

—No tinguis por, sóc la mamà —em deia mentre s'anava atansant cap a mi amb un somriure lúgubre que deixava al descobert les seves protuberants dents—. He vingut per dur-te amb en Pepito. Té moltes ganes de veure't.

I dit això em va agafar amb una mà pel coll. Això va despertar la meva fúria i els meus ullals, que van sortir amenaçadors. Vaig voler cridar, però la seva mà m'ofegava i la cadena del penjoll en forma de cor que duia al coll em serrava la pell. Li vaig donar puntades de peu amb la fúria d'una nena, mentre les meves mans intentaven aturar les seves, que m'escanyaven. Amb un esforç suprem, em vaig posar a cridar amb totes les meves forces.

—Auxili! Enriqueta! Enriqueta!

El dip va entrar com un llamp ple de còlera: tenia vermella la maixella. Les dents agudes i les urpes de les pesants potes van saltar a la jugular de la vampira, que, rabiosa, el va apartar d'una manotada i el va estampar contra la paret.

De cop vaig ser conscient de la presència del meu avi, com embolcallat amb una tempesta de fúria. Vaig veure la seva forta mà subjectant el coll de l'Enriqueta i amb el poder d'un gegant furiós arrossegant-la cap enrere. Amb un fort moviment va llançar la dona lluny meu.

Per un moment, ella va semblar vacil·lant, va fer un gran salt i es va suspendre enlaire, es va impulsar amb les cames contra els murs del castell, es va llançar contra l'avi i el va arraconar contra la finestra d'ogiva. I entre l'escassa llum, barrejada entre les ombres, vaig veure brillar una gran espasa. L'avi va donar un cop amb l'empunyadura a la mandíbula d'aquella malvada dona, que va trontollar sense caure a terra. Estava fora de si, tenia els ulls encesos en flames, que irradiaven una llum vermella esgarrifosa.

El vent va començar a batre amb una terrible violència. L'Enriqueta se'm va quedar mirant fixament i em va tornar a agafar pel coll amb una mà, mentre mirava amenaçadorament l'avi amb els seus ulls vermells.

—Abaixa l'espasa o l'escanyo! —va cridar.

L'avi, per contra, va brandar la seva vella espasa i es va abalançar contra ella tallant l'aire. Va aixecar l'espasa —el tall brillava com les fargues de l'infern, ben igual que els ulls de l'Enriqueta— i d'un cop sec li va tallar el coll.

Jo sanglotava. Trastornada per la violència d'aquella escena, em vaig ensorrar esgotada. La Sara intentava tranquil·litzar-me acaronant-me els cabells, mentre el meu estimat dip, que ja s'havia refet, em llepava els peus descalços.

De cop i volta una estranya quietud semblava embolcallar-ho tot, un silenci que van rompre repicant amb força les campanes de Sant Julià, acompanyades d'un cor de gossos amb els seus udols. Trons i llamps. Una forta tempesta que va obrir la finestra. Es va sentir una fressa de batre d'ales i van entrar dos ocellots negres. Un va agafar el cos de l'Enriqueta, i l'altre, el cap, i les formes tènues de les seves ombres van desaparèixer en la foscor de la nit.

La Lídia i la Sabana van deixar les restes de la vampira en una clariana del bosc. Van passar tota la nit vetllant-la. En despuntar el dia, quan els raigs del sol van travessar les fulles dels arbres i van il·luminar el cadàver, en un batre d'ulls es va convertir en pols i va desaparèixer.

Però, només uns instants abans d'esvanir-se, el rostre de l'Enriqueta, que jeia a terra separat del cos, amb els ulls oberts i fixos, però amb la vidriositat de la mort, va dibuixar un somriure ple de dolçor i humanitat.

***

«Un poc després de dos quarts d'una de la matinada va morir a la presó de dones la tristament cèlebre segrestadora Enriqueta Martí Ripoll, que havia entrat en el període agònic mitja hora abans. Des del dia anterior estava privada de l'ús de la paraula. En el moment en què va ocórrer la mort, a causa de la gravíssima malaltia que l'Enriqueta patia i de la qual ja tenien notícia els nostres lectors, hi havia presents una de les dues recluses infermeres que per pròpia i espontània iniciativa l'assistien i la religiosa de guàrdia. Avui rebrà cristiana sepultura en la fossa comuna. L'Enriqueta s'emporta a la tomba el secret de les seves culpes. Déu hagi perdonat l'Enriqueta Martí.»

Aquesta era la notícia del diari. L'Enriqueta havia estat llançada a la fossa pública del cementiri de Montjuïc de Barcelona, que és de tots i de ningú, allà on es perden els cossos dels pobres.

El judici es va celebrar al Palau de Justícia de Barcelona sense la presència de l'acusada. L'Enriqueta es va lliurar de la pena màxima i tots els seus clients, sense excepció, van quedar totalment lliures. La seva millor protecció era el fet de ser rics. Els vampirs van poder respirar tranquils en els seus caus senyorials. No hi hauria motí popular ni escàndols.

Mai no es va poder saber amb exactitud quantes van ser les víctimes de l'Enriqueta Martí. Devien ser desenes o potser centenars, perquè en aquella època es va produir el major nombre de desaparicions de criatures de tota la història moderna.

Dimecres, 15 d'abril de 1931
Llers (Empordà)

El meu avi va complir la paraula i es va desfer de l'Enriqueta Martí; és per això que la Sabana també va complir la seva part del pacte. Però el comte Estruc no tenia cap interès, de moment, a deixar de ser un vampir. Tot i que no va donar gaire crèdit a les paraules de la Sabana a la terrassa del *Titanic*, pensava que la pobra vella, de tant anar i venir del món dels morts al dels vius, s'havia trastocat. L'obsessionava aquella idea d'un món dominat pels vampirs. Encara que ell n'era un —sempre ho havia considerat un accident—, no era natural que la seva espècie s'apropiés la Terra. En recordar el seu amic Vlad, un calfred li va recórrer el cos.

De tota manera, no calia posar-se pedres al fetge. En aquell temps la tuberculosi estava molt estesa i era creença comuna que, per a aturar la malaltia, el millor era beure sang, i si era humana, millor. Amb aquesta finalitat, molts tuberculosos acudien als escorxadors per aconseguir racions de sang calenta. Es creia també en l'eficàcia dels cataplasmes de greix de nen, que s'aplicaven sobre el pit. I, de fet, ja hi havia hagut precedents: algun curandero i el seu client malalt havien assassinat nens per obtenir les macabres medicines. El meu avi tampoc no va aconseguir trobar la famosa llibreta, la clau per a aclarir tots els seus dubtes, per més que va regirar totes les cases d'aquella malvada dona.

En aquell temps, el meu avi hauria volgut viatjar, veure món i oblidar-se de l'Enriqueta Martí per sempre més. Però ens vam haver de quedar a casa el 1914. Europa havia entrat en un conflicte bèl·lic: acabava d'esclatar la Primera Guerra Mundial. I encara que el meu avi no es podia resistir a cap batalla, va establir la residència a Llers. La Sara va aconseguir fer del castell la nostra llar. Hi vivíem aliens a la gent del poble, que parlava i murmurava, inventant-se històries estranyes i rocambolesques sobre nosaltres. El meu avi de vegades desapareixia durant llargues temporades i jo em quedava amb la Sara, que s'havia convertit en un membre més de la família.

El temps passava per mi d'una manera estranya, molt de pressa, sense deixar gairebé empremtes en el meu cos. Segons els càlculs del meu avi, jo devia ser una dona feta i dreta d'uns trenta anys, però el mirall em retornava la imatge d'una adolescent que no devia tenir-ne més de disset. El meu avi, la Sara i l'estimat dip, malgrat els anys transcorreguts, estaven exactament igual que el primer dia que els vaig veure.

Vivia sense ser gaire conscient que era una vampira, amb la naturalitat de qui assumeix la realitat que li ha tocat viure i oblida les connotacions que l'acompanyen.

La meva vida estava ancorada en una aparent normalitat sobre la qual planaven unes circumstàncies excepcionals i certes zones d'ombra imposades per la meva condició no humana.

La meva formació era exquisida, parlava vuit llengües, pintava i tocava el piano, encara que sense gaire èxit. No estava cridada per a la música. Tot i això, el meu avi va insistir molt que havia de tenir una professió. Em va costar molt decidir-me. Per raons òbvies, de seguida vaig descartar ser metgessa o carnissera. A mi el que em fascinava de veritat eren els edificis, la memòria de les pedres, testimonis perpetus de la humanitat, i així va ser que vaig estudiar arquitectura.

El meu avi es va sorprendre de la meva elecció.

—Molt de dibuix i bastant de matemàtiques —va opinar sense oposar-s'hi.

En canvi, la Sara no ho va veure tan clar, conscient que era una professió d'homes i que a l'Escola Superior d'Arquitectura de Barcelona no hi havia matriculada cap dona.

—Sincerament, crec que seria més fàcil que acceptessin un vampir que una dona a les seves aules.

Jo no hi estava d'acord. Aniria a viure a Barcelona, aconseguiria entrar a la universitat i faria realitat el meu somni. Finalment, una llarga conversa amb l'avi em va fer tocar de peus a terra. Era una dona i, a més a més, una vampira; massa obstacles per a salvar. Com sempre, va trobar la solució: estudiaria a casa. Va fer venir els millors professors i arquitectes d'arreu del món i en uns quants anys ja estava preparada per a obtenir el títol. El vaig convalidar a les universitats més prestigioses.

A la primeria dels anys trenta ja m'havia convertit en tota una arquitecta. Les meves primeres obres es van desenvolupar en un temps en què la dona havia de demostrar que podia crear i organitzar l'espai igual com ho feia l'home. Oberta a les avantguardes i a les estètiques arquitectòniques racionalistes, estava disposada a entrar amb propietat en un món professional que fins feia poc era un vedat masculí. Tanmateix, malgrat les restriccions imposades, em vaig mantenir activa a l'ombra.

Una altra de les meves grans passions la constituïen la dinamita i les grans voladures. Però això forma part d'una altra història que ja us explicaré més endavant.

***

Francesc Macià va proclamar la República Catalana mentre nosaltres dormíem. L'endemà a la tarda ens desdejunàvem amb la notícia que era en la pàgina 6 del diari.

Sèiem a taula com una família, la Sara, l'avi i jo. De primer preníem el reconstituent. Ells ho feien en una copa de cristall de bohèmia molt elegant; jo, en una tassa de porcellana de desdejuni amb dues nanses. No gaudia com ells del plaer de la sang.

—No ens miris amb aquesta cara de reprovació. No deus voler que et recordi el dia que et vaig treure una rata de la boca? —em va dir la Sara.

El meu avi va riure per sota el bigoti. Això era un cop molt baix i vaig amagar el cap en el diari.

—Proclamació de la República a Barcelona. Es constitueix un govern provisional presidit pel senyor Macià. Els republicans prenen possessió de l'Ajuntament i de la Diputació. Animació extraordinària als carrers i desfilada de banderes. A la Capitania General i al Govern Civil han estat alliberats els reclusos de la presó Model i de la presó de dones. Les manifestacions populars han continuat fins a la matinada. Per ràdio i mitjançant poderosos altaveus, el govern provisional aconsella als obrers que no abandonin la feina i que mantinguin l'ordre —vaig llegir en veu alta—. Podríem anar a Barcelona; deu estar molt animada!

—Em permetràs que no comparteixi la teva emoció. Per a mi és un *déjà-vu*. Amb aquesta ja en van tres. —L'avi m'acabava d'aixafar la guitarra.— El primer cop va ser el 17 de gener de 1641 per Pau Claris. Només va durar una setmana, ja que el 23 de gener del mateix any va fer un pacte de vassallatge amb Lluís XIV i Catalunya va passar a ser un comtat francès. El segon cop va ser el 1873 per Estanislau Figueres, president de la Primera República Espanyola, que va proclamar de forma unilateral l'Estat Català.

—Llavors, t'estimes més que torni el rei?

—Qui? El xitxarel·lo aquest de l'Alfons XIII? Un borbó! Jo, que el 1714 vaig lluitar braç a braç amb el general Basset en el setge de Barcelona! —Vaig aconseguir fer sortir de polleguera el meu avi. Una regla important a casa era no parlar de qüestions nobiliàries, sobretot durant el desdejuni.

—Doncs, sincerament, no et comprenc. Jo crec que la República portarà pau, justícia i llibertat, i el més important: progrés!

—Són paraules molt maques: *liberté*, *égalité*, *fraternité*, reforçades amb l'invent de Monsieur Gillotin, com en la Revolució Francesa. —El meu avi continuava exaltat. Semblava que tampoc no li feia gaire il·lusió la República Francesa.

Llavors la Sara es va dur instintivament les mans al coll.

—T'ho asseguro, Sara, aquesta néta meva està feta tota una ravalera. Per les seves venes corre sang revolucionària! Vés a saber si anarquista o comunista.

—I quin mal té, defensar la justícia social?

—Ho dius per aquestes cases que estàs fent per als pobres? O pel castell on vius?

No vaig voler entrar en aquesta provocació.

—Llavors no entenc tota aquesta fortuna que et gastes en escoles i hospitals per a gent sense recursos. És caritat? —el vaig reptar.

—No! Filantropia!

Aquella nit, l'avi ens va dur a Barcelona amb el seu flamant cotxe nou: un luxós Chrysler negre model Imperial, amb motor de vuit cilindres, ràdio incorporada i vidres tintats.

Dissabte, 18 de juliol de 1936
Llers (Alt Empordà)

Barcelona es va presentar com a candidata per a organitzar els Jocs Olímpics del 1936, però el Comitè Olímpic Internacional es va decantar per Berlín, sense poder preveure que el gener del 1933 Adolf Hitler arribaria al poder i s'instauraria el Tercer Reich. Llavors, malgrat les moltes protestes a escala mundial, el COI va mantenir la celebració dels Jocs Olímpics a Berlín, fet que va fer sorgir la idea de celebrar l'Olimpíada Popular de Barcelona. S'hi van inscriure més de 6.000 atletes de 23 nacions, així com nacions sense estat, com Alsàcia, Palestina i el Marroc, i una representació d'atletes jueus emigrats.

Encara que es van aprofitar les instal·lacions de l'Exposició Internacional del 1929, hi va haver molta feina de construcció, decoració i renovació d'infraestructures esportives i zones d'oci. Gràcies als molts contactes del meu avi, vaig tenir l'oportunitat de participar en aquest projecte i ho vaig fer amb molta il·lusió.

Cap al migdia ens vam alçar amb el rumor que a la zona del nord d'Àfrica sota domini espanyol un determinat nombre de militars i de tropes de l'exèrcit s'havien revoltat contra el govern de la República. La Sara va anar a buscar el diari, un de gironí anomenat *L'Autonomista* que ja publicava la notícia en portada: «Sublevació d'una part de l'exèrcit del Marroc». Un cop d'estat s'havia posat en marxa. El somni de la República començava a esvair-se en companyia de les meves il·lusions de construir un món i uns habitatges millors.

A la tarda, l'estadi de Montjuïc bullia d'activitat, amb els preparatius de la inauguració del dia següent. L'entusiasme i l'eufòria dels esportistes es van veure apaivagats per les males notícies.

Aquella nit, Pau Casals dirigia l'assaig de la Novena Simfonia de Beethoven que l'orquestra, amb la col·laboració del cor de l'Orfeó de Gràcia, havia d'interpretar l'endemà al Teatre Grec de Montjuïc en la inauguració de l'Olimpíada. Durant l'assaig es va presentar un emissari oficial, que, amb la veu alterada, va cridar:

—Suspeneu l'assaig. Tenim notícies que aquesta nit hi haurà un alçament militar a tot Espanya. El concert i l'Olimpíada han estat suspesos. Abandoneu tots, immediatament, el local!

En Casals va quedar consternat. Es va dirigir als músics i als coristes i els va dir:

—No sé quan ens tornarem a reunir. Us proposo que, abans de separar-nos, tots plegats interpretem la simfonia.

Així va acabar, abans que comencés, el que podia haver estat la gran Olimpíada Popular de Barcelona, preparada amb tant d'entusiasme i tanta il·lusió. La reacció del meu avi va ser immediata.

—Marxem cap a Suïssa.

Com sempre, no ens va demanar l'opinió, però ho vaig veure com una oportunitat de començar una nova vida. Em vaig engrescar de seguida amb el viatge. A més a més, faríem una parada molt llarga a París per anar al teatre, a concerts i, el més important, per poder renovar el vestuari.

A Barcelona, a les 4.30 h de la matinada van sortir les primeres tropes colpistes de les casernes de Pedralbes. Les sirenes de les fàbriques i dels vaixells del port alertaven la població. Les barricades van sorgir com bolets per tota la ciutat. Centenars de barcelonins armats sortien al carrer i es dirigien allà on se sentien els trets per sumar-se a les forces republicanes o obreres. A les 11.30 h del matí, els militars colpistes ja havien estat vençuts al Paral·lel, a l'estació de França i a la cruïlla de Pau Claris amb Diputació, mentre continuaven a la plaça de Catalunya i la plaça de la Universitat. A les 14.30 h, centenars de guàrdies civils van desfilar per la Via Laietana saludant el president Companys. I a partir de les 15.00 h van entrar en combat a la plaça de la Universitat i a la plaça de Catalunya. La batalla es va decantar definitivament a favor de la legalitat republicana. A les 18.00 h, el general Goded, dirigent del cop, va ser detingut. En presència del president Companys va ser obligat a reconèixer la derrota a través de la ràdio. Després, ell i la resta dels colpistes van ser tancats al vaixell presó *Uruguai*.

Vam fer les maletes amb una eficiència i una rapidesa extraordinàries. A les 20.00 h ens dirigíem cap a la frontera francesa per anar al nostre particular exili en un luxós Chrysler negre model Imperial, amb motor de vuit cilindres, ràdio incorporada i vidres tintats. L'avi es va acomodar a la part del davant i jo vaig seure darrere amb el dip. La Sara conduïa.

Diumenge, 16 d'agost de 1936
París (França)

Abocat al Sena, el meu avi hi tenia un àtic. El va comprar per a mi. A ell no li agradaven aquests edificis moderns on la gent vivia amuntegada els uns damunt dels altres. Ell s'estimava molt més les pedres amb memòria dels castells, però jo estava encantada d'allotjar-me al bell mig de la ciutat. Al davant, l'Île de la Cité, al cor de París, amb la meravellosa catedral de Notre-Dame, d'inconfusibles formes gòtiques, i la Sainte-Chapelle.

El meu avi aconseguia l'impossible, feia màgia, però no amb una vareta, sinó amb la seva cartera. Era capaç de qualsevol cosa, fins i tot fer que ens obrissin el Museu del Louvre per a nosaltres sols i que hi deixessin entrar gossos. Una visita guiada per a contemplar les obres més famoses, les anomenades tres dames del Museu: la *Gioconda*, la *Venus de Milo* i la *Victòria de Samotràcia*.

Jo de seguida em vaig decantar per la *Gioconda*; la *Victòria* em feia malastrugança, amb el cap tallat, i la *Venus*, tota tolida, tampoc no és que m'agradés gaire. En canvi, la *Mona Lisa*, amb la seva enigmàtica expressió del rostre, la seva pal·lidesa i els llavis serrats, em feia la impressió que d'un moment a l'altre obriria la boca i ens mostraria els seus grossos ullals. Ni la Sara ni l'avi no compartien els meus gustos; ells preferien les altres dues, perquè tenien una història més llarga i sobretot perquè eren de pedra.

En acabar la nostra excursió nocturna al Louvre ens va venir gana. Ens van servir un sopar fred a la terrassa del nostre àtic. Les vistes eres impressionants; a la llunyania, la torre Eiffel il·luminada amb 250.000 llums que formaven la paraula *Citroën*.

Havent sopat, ens vam estirar en unes hamaques per observar la lluna i les estrelles. Ells s'hi podien passar hores; jo, sempre més prosaica, amb una estoneta en tenia prou i de seguida em posava a fullejar revistes de moda o diaris. Els titulars els ocupaven, d'una banda, la Guerra Civil Espanyola, que va provocar un fort impacte en la política mundial. Des del primer moment va tenir repercussió internacional. Tots els governs del món, tots els grups i els partits polítics, els intel·lectuals europeus i americans van veure's obligats a definir la seva posició amb relació a aquest conflicte bèl·lic.

I, de l'altra, la clausura dels Jocs Olímpics de Berlín. En veure'n les fotos, un sentiment de tristor em va envair en pensar en les Olimpíades Populars que amb tanta il·lusió havíem preparat a Barcelona. Però de seguida vaig dibuixar un somriure en assabentar-me que, amb tres curses i un salt, l'atleta Jesse Owens va tirar per terra totes les esperances que havia posat Hitler en els Jocs per demostrar al món la superioritat de la raça ària. En tot just sis dies, aquell negre de vint-i-dos anys arribat d'Alabama, nét d'esclaus i fill d'un recol·lector de cotó, es convertia, davant els ulls del Führer i en el cor d'un règim que el considerava un ésser inferior, en el primer atleta de la història a aconseguir quatre medalles d'or en uns jocs olímpics. Amb tota la parafernàlia nazi desplegada a l'estadi olímpic pel seu ministre de propaganda, Joseph Goebbels, Hitler assistia atònit a les gestes d'un Owens que polvoritzava un rècord rere l'altre.

—Però com vol ser aquest home el representant d'una raça superior? Que no es mira al mirall cada dia! —vaig exclamar.

—Jo crec que Hitler és un vampir —va fer broma el meu avi—. Se'l veu pàl·lid, i aquest bigoti, tan característic, és per a ocultar uns pertorbadors ullals que li surten de la boca.

—Què més voldria ell! —va exclamar la Sara.

La Sara, ben igual que l'avi, reconeixia un vampir de seguida, encara que fos en el diari.

—Com ho feu? —els vaig preguntar interessada.

—És una qüestió de pràctica. Tot i que t'he de confessar que de bon principi em va costar. El primer mig any que vaig estar amb en Vlad, el vampir més famós de la història, no me'n vaig adonar —em va explicar l'avi.

—No pot ser! —vaig dir sorpresa.

—T'ho pots ben creure. Em pensava que era un guerrer sanguinari, però ni per pensaments creia que era un dels nostres.

—Tu també sembla que tens els ulls al clatell! —va exclamar divertida la Sara.

—I tu, Sara? —vaig preguntar amb interès.

—Jo no sóc tan despistada com el teu avi. Els ensumo d'una hora lluny.

—Doncs jo, deixant de banda la famosa Enriqueta i vosaltres, crec que mai no n'he reconegut cap.

—Ni la princesa Amen-Ra? —em va preguntar la Sara.

—Ni ella. —Vaig amagar el cap una altra vegada en el diari.— I què me'n dius d'aquest? —Vaig assenyalar una foto en què sortia Franco.

El meu avi va mirar amb atenció el diari i va llegir la notícia:

—«A les onze del matí d'ahir va ser hissada la bandera bicolor a l'Ajuntament sevillà, davant una multitud que va aclamar amb patriòtic frenesí Espanya i el seu exèrcit.» Van guanyant terreny els feixistes —va dir el meu avi amb un gest de contrarietat.

—Em pensava que no t'agradaven els republicans —li vaig dir.

—Que no m'emocionin els discursos utòpics no significa que tingui simpatia per un feixista com aquest.

I de cop alguna cosa en el diari li va cridar l'atenció.

—«L'entrada dels generals Queipo de Llano, Franco i Millán Astray a l'Ajuntament va ser acollida amb aclamacions inenarrables» —va continuar llegint—. Saps qui és Millán Astray? —em va preguntar.

—És clar! El cap superior de policia de Barcelona, el que es va encarregar de la investigació del cas de l'Enriqueta. Ara és general? Però quina edat té aquest home? No deu ser un vampir?

—Això confirmaria les teories de la Sabana —va dir la Sara.

—No, aquest no ho és, és molt més jove —va dir l'avi mirant atentament la foto.

—I es diu igual? —vaig preguntar estranyada.

—Potser és el fill —va apuntar la Sara.

—Llavors de primer hauria de ser Millán i de segon, el de la mare —vaig objectar.

El meu avi ja no deia res, estava molt pensarós. Sempre que es posava meditabund, tenia el costum de ficar-se les mans a les butxaques dels pantalons. Així ho va fer ara, però sense alçar la mirada i sense posar-se dempeus.

—Marxem cap a Llers —va decidir una altra vegada sense demanar-nos opinió.

—Per un nom?! I si és una casualitat? —vaig protestar.

—No crec en les casualitats. Si més no, ho haurem d'esbrinar. Deus estar d'acord amb mi que la Sabana tenia raó. Ha passat una guerra mundial i una guerra civil, i amb en Hitler aquest tornen a sonar tambors de guerra a Europa. I ara surt el nom de Millán Astray barrejat amb el de Franco. Sempre he pensat que si existia la famosa agenda la devia tenir aquest home —em va dir l'avi.

—Potser tens raó. Però la teva teoria de la conspiració fa aigües per totes bandes. De primer, cap d'aquests no és un vampir, com deia la Sabana. Segon, no sabem del cert si va existir mai la famosa agenda. Tercer, si va existir, tampoc no sabem del cert si la té aquest home, Millán Astray. I quart, i més important, tu mateix has dit que aquest home no és Millán Astray —i en acabar vaig sospirar profundament, pensant que havia estat prou convincent.

—Exacte! No en sabem res, ho hem d'esbrinar, i les respostes no són a París —va dir el meu avi, a qui tot el meu discurs no havia valgut més que per a refermar-se.

—Però els meus vestits encara els té la modista, m'he de fer les darreres emproves. I Suïssa? —em vaig queixar sense gaire èxit.

No vaig obtenir cap resposta. Ja s'havien aixecat de

l'hamaca i havien començat els preparatius.

Em vaig quedar sola a la terrassa intentant gaudir dels últims instants a París. El cel estava serè. Algunes estrelles tardanes s'anaven apagant aquí i allà, però n'hi havia una que romania encara amb una brillantor intensa. El sol ja estava a punt de sortir i, en el precís moment que París començava a despertar, jo em vaig acomiadar de la ciutat de la qual vaig quedar enamorada des de ben petita.

***

Roda el món i torna al Born. Ja ens trobàvem una altra vegada al castell de Llers. El fracàs del cop d'estat dels militars va abocar Espanya a la Guerra Civil. L'armada i l'exèrcit de l'aire van declarar-se majoritàriament fidels a la República. De bon principi, l'exèrcit colonial, sota el comandament de Franco, va quedar bloquejat al Marroc per la flota republicana. Però de seguida va rebre l'ajuda dels seus aliats, l'Alemanya nazi i la Itàlia feixista.

El meu avi va aparèixer a la biblioteca vestit amb un uniforme de la República. Jo no entenia en graduacions, però pel seu aspecte devia ser alt. No em vaig molestar a preguntar-li com l'havia aconseguit; ell sempre aconseguia el que volia. S'havia tenyit els cabells i retallat el bigoti d'acord amb a les modes actuals. No aparentava més de quaranta anys.

—Fas molta patxoca, avi! —li vaig dir llançant-me als seus braços.

—José Millán Astray —va dir el meu avi traient-se un paper de la butxaca de l'uniforme—. Et confirmo que és fill de Millán Astray, cap superior de policia de Barcelona i posseïdor, segons les nostres sospites, de la famosa agenda de l'Enriqueta. El misteri dels cognoms ja l'he esbrinat: ha agafat els dos del seu pare. Millán Astray és la persona que més influència ha exercit en la formació moral i ideològica de Franco. És un personatge pintoresc. Un apassionat de la cultura japonesa, en particular del *bushido*.

—I això què és? —el vaig interrompre.

—En la tradició japonesa, el *bushido* significa «el camí del guerrer». És un codi ètic estricte i particular que exigia lleialtat i honor fins a la mort —em va respondre la Sara.

—Mutilat de guerra, vesteix l'uniforme de la Legió i fa ostentació de les seves cicatrius —va continuar l'avi—. La mànega buida d'un braç perdut, un pegat negre sobre un ull i una costura al llarg de la galta són com una mena de condecoracions que li agrada lluir. És fonamentalment un soldat professional. Ha estat diverses vegades en missions militars i polítiques a l'estranger, on ha conegut personalitats com ara Joffre, Pétain, Lyautey i Mussolini. Ha visitat diverses vegades Amèrica, on ha estat rebut pels presidents de diverses nacions. Acaba de tornar d'un viatge a Buenos Aires. Ha complert ja cinquanta-set anys. I ara està plenament integrat al cercle de col·laboradors més estrets de Franco.

—Amb tot això, només has confirmat que és el fill del cap de policia —vaig objectar.

—I estret col·laborador de Franco. A més a més, tots aquests viatges a l'estranger i aquestes entrevistes amb gent tan important indiquen que està tramant alguna cosa a escala internacional.

—I això què té a veure amb l'agenda? Res del que has dit no confirma que aquest home tingui o sàpiga res de la famosa llista de noms.

—És el que he d'esbrinar.

—Però no hauria estat més convenient que et vestissis amb un uniforme de Franco? Et seria molt més fàcil acostar-te a Millán Astray.

—I quin honor hi ha en això?

No vaig entendre la pregunta; la Sara sí, i va dibuixar un somriure. Era ben clar que el meu avi acabava de prendre partit per l'exèrcit de la República i que estava ben decidit a participar en la batalla. De segur que ja havia aconseguit els papers necessaris per a comandar fins i tot un batalló. Al meu avi li agradaven les guerres, i sobretot els uniformes. Per a ell eren la disfressa ideal per a barrejar-se entre els humans. En el fons, a dins seu encara bategava el cavaller que havia estat sempre.

—Si és cert el que ens va predir la Sabana, lluitarem en bàndols distints i guanyarem. No necessitem cap agenda. Defensaré la República, la qual cosa vol dir defensar Catalunya, com sempre he fet al llarg de tota la vida.

Sempre he pensat que el meu avi no va vestir l'uniforme republicà per combatre aquells perillosos vampirs dels quals ens va advertir la Sabana ni per defensar la llibertat i els valors pels quals es regien els humans, sinó que ho va fer per venjança, per venjar-se d'aquells que un dia em van fer tant de mal. El cert és que es delia per tornar a sentir el brogit del combat i els rius de sang que s'hi vessaven. Tot això rejovenia encara més, si això era possible, el comte Estruc, un excel·lent guerrer forjat en els millors camps de batalla.

Dilluns, 13 de desembre de 1937
Llers (Alt Empordà)

La Sara em va venir a despertar a corre-cuita. Jo dormia plàcidament sobre el costat dret, amb la galta recolzada en una mà. Em va haver de sacsejar perquè em despertés. Amb prou feines vaig poder obrir els ulls. Mandrosa, vaig mirar el rellotge; només era la una del migdia. No entenia a què treia cap tanta pressa.

—Tenim visita! —va dir mentre descorria les cortines deixant l'habitació a mitja llum.

—Qui?

—És un home que vol parlar amb el teu avi.

—Ja li has dit que no hi és?

—Sí, però ha insistit. Està fent una investigació sobre la llegenda d'un vampir anomenat comte Estruc.

No em van caldre més paraules. Em vaig vestir ràpidament i vaig anar a l'encontre d'aquell misteriós home.

Abans de fer-lo passar a la biblioteca, el vaig observar atentament. Era un home de figura corpulenta i de cabells rebels embullats sota un barret, ulleres de cul de got i mostatxo de dimensions considerables. Anava armat amb un llapis i paper. Ell es va sorprendre en veure'm. De segur que no esperava ser rebut per una noieta que aparentava uns disset anys.

—Joan Amades —em va dir allargant-me la mà.

—Núria Estruc —vaig respondre fent el mateix amb la meva, molt més pàl·lida i freda.

—Ens coneixem? —va dir l'home mirant-me fixament als ulls.

I tant que ens coneixíem! Jo era una nena petita quan acompanyava l'Enriqueta Martí, aquella que m'obligava a dir-li mamà, al carrer del Peu de la Creu, on ell li comprava uns farcells. Segons va declarar ella a la policia, eren ossos; segons el que va defensar ell davant del jutge, només era pa sec que li comprava a 15 cèntims. Ella no parlava amb ell i jo era invisible als ulls de tots dos. Em va sorprendre molt veure aquell home, ara un insigne folklorista, al qual jo havia conegut en un altre temps com a drapaire a la meva biblioteca.

—Em temo que no ens han presentat mai, senyor Amades, tot i que sóc una admiradora seva. Cada dijous escolto la seva passejada llegendària pels carrers de Barcelona. Permeti'm una pregunta: el que explica figura en algun llibre o bé són apunts històrics que té recopilats?

El senyor Amades ara es dedicava a fer unes xerrades radiofòniques molt interessants que versaven sobre el llegendari urbà de Barcelona.

—Em limito a recollir històries. Sóc un drapaire i ho recullo tot. Després vindran els que saben més de lletra i ja destriaran el gra de la palla. Els nostres fills no sabran ni la meitat del que nosaltres sabem del nostre tresor tradicional i als nostres néts ja no els arribarà res.

—I en què el puc ajudar?

—Estic interessat en una llegenda que lliga amb la seva família, la llegenda del comte Estruc. M'agradaria poder investigar en els seus arxius personals.

—Temo que per a això necessita el permís del meu avi, i ara és al front.

—Jo no he pogut anar a la guerra, per la vista —es va disculpar l'home.

—I aquest comte Estruc, què ha fet de tan important perquè vostè s'interessi per ell?

—Era un vampir! No pot ser que no n'hagi sentit a parlar, el poble en va ple. Ara bé, quan intento aprofundir sobre ell i pregunto directament a algun veí, tots fan el mateix, se senyen, em diuen que no en saben res i em tanquen la porta als nassos.

—Sí, alguna cosa he sentit. Però jo em pensava que Llers era més conegut per les bruixes.

—També. Però aquest home no hi té res a veure. Era un criminal! Un sanguinari!—em va dir l'home una mica alterat.

—Què vol dir exactament?

—No sé si ho puc explicar a una dona tan jove i delicada com vostè.

—Per mi no pateixi. Estic intrigada.

Com si hagués estat esperant les meves paraules, el senyor Amades va deixar anar la seva imaginació.

—El comte Estruc és com un destorb, un brut insecte,

entre els meus treballs. No crec que fos de llinatge veritablement català, potser hongarès, o vés a saber si romanès, i això explica una conducta tan poc adequada, tan forastera. He tingut notícies que el vampir, a Romania, rep el nom de Strigoi. No cal ser gaire erudit per a veure una etimologia tan aclaridora. No trobo la manera de separar el vampir de tota la brutícia immunda que els descreguts anomenen «erotisme». Quin fàstic sento dins meu. —L'home s'havia posat vermell com un titot.

Aquella situació em va resultar divertida. El senyor Amades va tenir sort que el meu avi no es trobés al castell. No vull saber com hauria pogut reaccionar davant de tots aquells improperis. L'escoltava com hauria escoltat un nen petit explicant-me les seves fantasies mentre tamborinava amb un llapis sobre la taula.

—Llavors no comprenc el seu interès per a continuar investigant —li vaig dir intentant aguantar el riure.

—Busco algun indici que digui que tot això que m'han explicat no és cert.

—Que deu ser el més probable. No té ni cap ni peus. Un vampir! Això són superxeries de velles! Literatura! De tota manera, vostè no pateixi, senyor Amades. Així que vegi el meu avi li exposaré els seus desitjos i estic convençuda que no tindrà cap inconvenient a deixar-li veure els nostres arxius.

I en acabar la frase, vaig acompanyar el senyor Amades a la porta del castell i li vaig ensenyar la sortida, però sense obrir-la. Jo vaig desaparèixer i un dels nostres treballadors ho va fer per mi. El senyor Amades no va tornar a aparèixer pel castell i jo vaig decidir no explicar-ne res al meu avi. Tenia coses més importants al cap i no volia preocupar-lo.

Havia passat quasi un any des del famós *alzamiento*. A penes veia l'avi. Les estades que feia al castell eren cada vegada més curtes i més escasses. La guerra s'allargava. La intensificació i l'eficàcia dels bombardejos es van anar incrementant i el front de guerra cada cop era més proper. Els morts, els ferits i les nombroses destrosses materials ens acostaven a una realitat que esdevenia real i mortífera. La República no tenia la victòria assegurada.

Dilluns, 30 de gener de 1939
Llers (Alt Empordà)

El nou any no ens va portar cap il·lusió. Els reis de l'Orient van passar de llarg i aquell dimecres gèlid del mes de gener les botes feixistes van trepitjar la ciutat de Barcelona desfilant per la Diagonal. L'ocupació definitiva de Catalunya era imminent.

Un temps d'incertesa extremament fred acompanyava la pluja incessant que plorava la memòria dels milers de víctimes innocents que no havien aconseguit sobreviure a la barbàrie. Els estrèpits dels trons es confonien amb els bombardejos. Grans columnes de fum negre s'enlairaven pertot arreu i enfosquien el cel. El sol de dol no va sortir cap dia.

Asseguda al piano intentava desxifrar un quadern de les *Escenes del bosc,* de Schumann. Jo sabia que no estava cridada per a la música per més que el meu avi s'hi entestés. Però ara que ell no hi era, practicava i practicava només per sentir-me més a prop seu.

De cop vaig percebre uns ulls que m'observaven des del terra. Era el dip; saltava i movia la cua, bordava i em rosegava afectuosament la mànega del vestit. Li vaig gratar el clatell i ell em va llepar la cara. Llavors va ser quan em vaig girar i vaig veure el meu avi palplantat a la porta del saló. Em vaig llançar als seus braços i de sobte em vaig adonar que no estàvem sols; l'acompanyava un jove, vestit com ell amb l'uniforme de l'exèrcit republicà, però de menys graduació. Era un noi de cabells molt rossos i uns ulls blaus, grossos i una mica ingenus. En veure'l em va resultar familiar.

—Aquest és en Pep —ens va presentar l'avi.

—Ens coneixem? —li vaig preguntar allargant-li la mà pàl·lida i freda.

—No ho crec, senyoreta. Una dona com vostè és impossible d'oblidar.

Llavors vaig encreuar els braços, movent lentament el cap i aixecant els llavis fins al nas. Qui era aquell noi tan jove i adulador que havia arribat tan ràpidament a capità? Era ben estrany... La meva llarga memòria no fallava mai, però en aquell cas no aconseguia recordar on l'havia vist abans.

L'avi, com temia, no portava bones notícies: acabaven de deixar el president Companys a Agullana camí de l'exili.

—Hem arribat sota la pluja al mas Perxés. És fora de la població, entremig de boscos. En aquell mas no hi caben més de cinquanta persones i ja n'hi han entrat unes dues-centes, entre polítics i intel·lectuals, i encara en van venint més. No és possible atendre-les totes. Manquen queviures, vaixella, llits, matalassos, flassades. A més a més, també l'utilitzen com a dipòsit d'art del patrimoni artístic —comentava l'avi mentre sopàvem.

En Pep i l'avi em van explicar totes les seves peripècies al camp de batalla i em van fer una radiografia concreta de la situació actual, que no era gens encoratjadora.

Per endolcir una mica la vetllada, la Sara va fer unes postres molt especials.

—Pastís Waldorf! —vaig exclamar picant de mans.

Aquell pastís tan deliciós sempre el menjàvem pel meu aniversari. Com que en realitat mai no vaig saber el dia i l'any que vaig néixer, l'avi i jo vam establir la data del 23 de febrer, el dia que em va salvar de les urpes d'aquella malvada vampira, el dia que ens vam conèixer, el dia que vaig tornar a néixer i em vaig convertir en qui sóc.

—Avui celebrem el teu aniversari per endavant! —va exclamar la Sara.

—Però on s'és vist un pastís d'aniversari sense espelmes? —va objectar en Pep.

El meu avi es va aixecar de la cadira i en va agafar una del canelobre que hi havia presidint la taula, la va clavar al pastís, fent una gran destrossa, dit sigui de passada.

—Bufa, Núria! I pensa en un desig!

Vaig quedar uns moments pensarosa. Els meus desitjos no eren tan diferents dels de l'avi: no estar sola en aquella llarga vida que m'havia tocat viure i tenir una mort digna, suposo que com qualsevol altre vampir.

—Quants anys fas, Núria? —em va preguntar en Pep.

Vaig quedar muda i vaig mirar l'avi. Aquella em recordava una altra escena que havíem viscut plegats també asseguts a taula davant un pastís Waldorf. L'avi em va picar l'ullet.

—Estimada néta, has de perdonar el nostre amic. Ha estat tant de temps al front que ha oblidat les bones maneres. Com se t'acut demanar l'edat a una dona?

—Ho sento —va balbucejar en Pep—. És que la veig tan jove i alhora tan madura...

—Vols dir que sóc una jove amb ocurrències de vella o una vella que fa ximpleries de jove? —vaig dir de broma.

El noi va envermellir fins a les orelles i tots vam riure.

Havent sopat, ens vam posar una altra vegada seriosos.

—Les tropes franquistes cada vegada estan més a prop. Les ordres són fer desaparèixer tot el material de guerra —em va dir l'avi.

—Com? —vaig preguntar.

—Fent-lo explotar. No hi ha cap altra manera —em va respondre en Pep.

—Sí. Però els dies són molt humits i serà bastant complicat fer-ho a l'aire lliure. Potser en una cova... —vaig objectar.

—No, és millor aquí al castell. Al de Sant Ferran a Figueres faran el mateix.

—Però això destruirà el castell i potser també el poble —els vaig advertir.

—Ho sé —va dir l'avi amb el cap cot.

—Enderrocar el castell? —No donava crèdit al que acabava de sentir.

—Sí. I tu ets la persona més adequada per a dirigir aquesta operació. Coneixes més bé que ningú el castell, n'has estudiat els plànols un milió de vegades —em va dir l'avi.

—Potser tens raó, però no sé si estic capacitada per a controlar una voladura tan important com aquesta —vaig objectar.

—I aquell curs que vas fer sobre explosius? Si no recordo malament, vas estar a punt de fer-nos saltar a tots pels aires —em va dir l'avi.

—A això mateix em refereixo —li vaig dir amb un somriure.

—De tota manera, en Pep t'ajudarà, és un expert dinamiter.

De primer vaig quedar molt desconcertada. Aquella era la nostra llar, el nostre recer. Però de seguida vaig reaccionar. Si l'avi havia pres una decisió com aquella, de segur que estava molt meditada. No vaig gosar fer cap objecció més.

Ens vam dirigir cap a la biblioteca. Vaig treure els llibres i els papers de la gran taula que la presidia i vaig estendre-hi tots els plànols. La majoria els havia actualitzat jo mateixa. Llavors els vaig exposar quines eren les millors opcions.

—El més efectiu és concentrar tot l'explosiu aquí —els vaig dir assenyalant l'església de Sant Julià.

—Si els meus càlculs no fallen, necessitarem uns doscents quilos de dinamita —va afegir en Pep.

—Haurem d'evacuar tot el poble —vaig dir.

El meu avi va restar molt callat, només assentia amb el cap, ben al contrari que en Pep, que estava interessat per tot, i em va fer infinitat de preguntes relacionades amb el lloc i els seus voltants.

***

A la nit, malgrat la pluja i el fred, una vegada el castell es quedava en silenci, m'agradava sortir a galopar, respirar aire fresc. De vegades m'acompanyaven l'avi o la Sara. Aquell dia ho necessitava més que mai. Havia de pair l'estranya idea del meu avi de volar el castell. Quan vaig sentir que s'apropava un altre cavall, vaig minorar la marxa. Em vaig incomodar una mica en descobrir que era el jove capità, qui seguia els meus passos.

—Et puc acompanyar? —em va preguntar molt educadament.

—És clar —vaig dir sense gaire convenciment.

La lluna era plena, brillant; el cel el tapaven uns ràpids núvols negres i gruixuts que creuaven la nit. Cavalcàvem al mateix ritme l'un al costat de l'altra en silenci. Una gran ratapinyada planava sobre nosaltres, anava i venia descrivint grans cercles, com si ens seguís. Em va estranyar; normalment aquests animals sortien les nits d'estiu. Finalment es va allunyar i es va perdre en la negror. De cop em va semblar veure dos ulls vermells enmig de la nit. No eren els d'una rata; eren com flames fulgurants. Intentava dissimular la meva inquietud. No volia que el meu jove acompanyant s'espantés. Llavors un gos va començar a bordar en algun mas més endavant del camí. Va deixar escapar un llarg i lúgubre udol, com si tingués por. Els cavalls van començar a tremolar, a piafar i a renillar, es van encabritar tan salvatgement que vam haver de subjectar les regnes amb fermesa. Retrocedíem en el moment que un núvol gros va passar a través de la cara de la lluna i ens va sumir en la foscor.

Vaig sentir el plor d'un nen a la llunyania, davant els ulls atònits d'en Pep, que semblava que ni havia sentit ni havia entès res. Vaig córrer a tota brida, deixant el meu convidat palplantat al mig del camí. No hi havia temps per a explicacions.

El plor venia de la carretera de Figueres que pujava cap a la frontera. Era perillós acostar-s'hi. Era plena de cotxes sense benzina, espatllats, maletes rebentades i un bon nombre de morts, causats per l'aviació franquista. Enmig de tot aquell horror, vaig albirar una dona amb un nadó als braços. Vaig distingir entre les ombres una figura llarga i negra inclinant-se sobre ella. Sense pensar-m'ho dues vegades, m'hi vaig llançar a sobre i el vaig arrossegar cap enrere amb una força que jo mai no creia poder posseir.

Ell es va regirar. No n'hi havia cap dubte: era un vampir gran i fort i venia cap a mi. De cop vaig sentir en dip acostar-se veloç, amenaçant l'estrany amb els grossos ullals.

—Emporta't el nen! —li vaig ordenar.

I ell, amb molt de compte, va agafar el nadó amb la boca i el va allunyar de la carretera. La mare jeia inconscient.

Em vaig quedar mirant fixament aquell home amb una barreja de terror i sorpresa. Era alt i prim, de nas aguilenc, bigotis negres i barba en punta, el rostre dur i cruel, sensual alhora, amb uns grossos ullals esmolats com els d'un animal. En veure'm, va retrocedir amb un grunyit de ràbia, com el d'un gat quan és sorprès; llavors va clavar els ulls en mi, va fer un estrany somriure i va desaparèixer en la foscor de la nit.

La dona tenia la boca oberta i respirava amb grans i feixugues alenades, com si tractés d'omplir plenament els pulmons a cada expiració. M'hi vaig apropar i li vaig examinar el coll; hi tenia dos petits punts vermells com foradets d'agulla. Per sort eren superficials. Havia arribat just a temps: el vampir no va poder acabar la feina.

El dip va tornar amb el nen. Els vaig agafar tots dos i els vaig muntar al meu cavall. En aquell mateix instant vaig veure en Pep, que s'acostava.

—Què ha passat? —em va preguntar.

Per tota resposta li vaig donar el petit.

A tot galop ens vam dirigir al mas més pròxim. Tallàvem l'aire de la nit com una fletxa; la grava del camí volava sota els cascs dels cavalls. En arribar, els gossos es van posar a bordar embogits. La família que l'habitava va sortir en pijama.

—Senyoreta Núria! —va dir l'amo en reconèixer-me.

—Joan, aquesta dona i el seu fill necessiten ajuda.

Ràpidament els vam entrar, vam fer un bon foc perquè entressin en calor, vam curar la mare i vam alimentar el nadó amb llet calenta. La dona, en recobrar el coneixement, no va poder més que fer un dèbil somriure en senyal d'agraïment.

Vaig voler deixar diners a la dona i als masovers, però llavors em vaig adonar que els diners de la República eren paper mullat. Em vaig treure el petit penjoll en forma de cor que em va regalar quan era petita el meu avi a París i el vaig col·locar al coll de la dona. El meu cavall, el vaig regalar als masovers amb la condició que tinguessin cura de la dona i del nen i que, quan es recuperessin, li donessin un carro i una egua perquè pogués avançar cap a la frontera.

—Són milers les persones que fugen de la dictadura franquista. Creus que els podràs ajudar a tots? —em va preguntar en Pep, que fins llavors no havia dit res.

—Una vegada algú es va preocupar per una sola nena del Raval.

—I ara com penses tornar? —em va dir en Pep dedicant-me un ampli somriure mentre m'allargava el braç i, agafant-me per la cintura, em pujava al seu cavall.

Vaig quedar asseguda, de costat, davant seu, com quan era petita i muntava amb l'avi. El vaig mirar amb una mica d'ensurt per l'imprevist impuls que ell m'havia obligat a fer i em vaig aferrar al seu coll per no caure. Per uns instants em vaig perdre en aquells ulls de mar blava que em resultaven tan familiars.

***

Tantes aventures m'havien obert la gana. Encara quedava pastís. Ens vam acomodar en les butaques vermelles de pell del saló de cara al foc de la llar. S'hi estava molt bé. Vam estar molta estona en silenci. Jo no sabia ben bé què dir, no estava acostumada a les converses intranscendents. El meu sentit de l'humor també era estrany. Així que vaig decidir no dir res.

—En què penses? —em va preguntar ell, que estava assegut amb la cama dreta encreuada sobre l'esquerra a l'alçada dels turmells, mirant-me fixament.

—En com de lluny sembla la guerra ara mateix. Aquí es respira pau i silenci —li vaig dir sense poder afegir que estava preocupada; era la primera vegada que m'enfrontava a un vampir tota sola.

El saló estava a les fosques. Excepte per la llum que provenia de les petites flames de la xemeneia, aquella tènue lluentor donava a en Pep un aspecte especial. Ens vam mirar, cadascun des d'una de les butaques, tots dos immobilitzats un instant. Llavors vaig apartar la mirada.

—S'ha fet molt tard —vaig dir mentre m'aixecava.

Ell ho va fer alhora i vam quedar palplantats una altra vegada l'un enfront de l'altra, molt a prop. Em va donar la mà i jo la vaig agafar.

—Gràcies per aquesta nit, pel sopar, pel passeig. Tot ha estat molt agradable.

Vaig pensar una altra vegada en la meva topada amb el vampir. Pobre noi, no sabia res de mi. Aquella nit havia estat moltes coses, menys agradable.

Llavors va entrar el dip, va passar entre tots dos, va ensumar les botes d'en Pep i es va estirar davant la xemeneia. Això va fer que jo li deixés anar la mà, però ell no es va allunyar ni un mil·límetre de mi, va aixecar la mà i em va tocar amb suavitat la galta amb el dit, seguint-ne el contorn amb tanta lleugeresa que jo sentia gairebé com una ploma contra la pell. Quan em va tocar, vaig tancar els ulls i, malgrat els meus dubtes, vaig deixar que aquella sensació em recorregués el cos. Ell se'm va atansar i em va fer un petó molt dolç als llavis. Jo vaig sortir corrents sense acomiadar-me.

***

Estirada al llit, vaig pensar en en Pep, en aquell petó furtiu, en com es relacionaven els humans. Vaig apagar el llum de la tauleta de nit i quan em vaig acostumar a la foscor, vaig mirar cap a la finestra en forma d'ogiva, entre les dues cortines, que no eren totalment tancades. La lluna brillava al cel i una mica de la seva claror es filtrava i il·luminava el meu llit. En contemplar-la, em vaig sentir incapaç de treure-li la vista de sobre. Vaig tancar els ulls amb cansament, perquè de sobte no desitjava enfrontar-me a les meves conflictives emocions.

L'avi va donar uns copets d'advertència i va entrar a l'habitació acompanyat del dip. Gairebé des de la porta es va posar a parlar.

—Quin gran home, el president Companys! —va exclamar—. Et puc assegurar que és dels pocs humans que m'han impressionat en la meva llarga vida. Tinc la sensació que no el tornaré a veure mai més —em va confessar compungit—. Ara sé que no ens hem equivocat de bàndol, però l'exèrcit contra el qual lluitem és molt més poderós del que aquests humans es pensen. Tenen ajuda de l'exterior, han gosat convertir la nostra terra en un experiment, per a un fi major, una Europa, un món sencer governats per monstres. No, no ens enganyen. Malgrat la seva condició de vampirs, són els més sanguinaris que he conegut mai, bèsties sense honor, titelles en mans d'esguerros humans molt més cruels que els monstres que han creat.

—Avi, avui he vist un vampir a prop del castell —li vaig amollar de sobte. Estava intentant explicar-li-ho des de l'instant que havia entrat per la porta de l'habitació.

Ell em va posar la mà sobre l'espatlla i em va dir amb infinita tendresa:

—Ho sé, filleta, has estat molt valenta. Les guerres ens atrauen des del principi dels temps. A mi també. No ens cal lluitar en cap bàndol. Ens atrau la fragor de la batalla, l'olor de la sang. Hem d'anar amb compte. T'he de demanar una cosa: en l'explosió del castell has de procurar que totes les nostres pertinences desapareguin, ben igual que qualsevol empremta de la nostra existència.

Sense fer cap pregunta vaig assentir amb el cap.

—Hem de marxar, el monstre humà més poderós que he conegut mai està a punt de llançar una gran ofensiva per tot Europa, i l'he d'aturar. Tu i la Sara us instal·lareu al castell de Suïssa.

—Però jo et vull ajudar —em vaig atrevir a objectar.

—Ho sento, filleta, no em pots acompanyar. Tu ets el meu taló d'Aquil·les, la meva debilitat, em serveixes molt més si sé que estàs sana i estàlvia.

—I marxem? Deixem que aquesta colla campi per la nostra terra sense lluitar més?

—L'experiment aquí no els ha sortit tan bé com es pensaven. Tot i guanyar, Franco és un personatge peculiar, un dictador despietat que només obeeix els seus propis interessos. Però no és el nostre objectiu. Aquí es quedarà gent resistint, i caurà. Potser per als humans seran massa anys; per a nosaltres, només una guspira del temps.

Asseguda davant seu, el mirava en silenci, visiblement abstreta per uns altres pensaments que em provocaven de vegades un somriure, al mateix temps que acariciava el cap del dip, que es trobava suaument capturat entre els meus genolls.

De mica en mica, mentre el meu avi m'anava explicant totes les batalles que havia viscut al front, jo m'anava adormint, ben igual que quan era petita. Però aquesta vegada no li prestava atenció. La meva ment estava ocupada. Eren massa emocions per a un sol dia: m'havia enfrontat a un vampir i m'havien fet el primer petó.

El meu avi va tancar molt acuradament les cortines de la finestra, perquè al matí no entrés ni un bri de sol a l'habitació, va apagar el llum de la tauleta de nit i va marxar. El dip, que també s'havia adormit, es va quedar estirat als peus del llit.

***

De seguida vam posar fil a l'agulla. Al mas de la Dinamita es van congregar desenes de soldats republicans per fabricar tots els explosius necessaris. Com que plovia constantment, el sol, el meu enemic més poderós, finalment no va aparèixer, cosa que a mi em va facilitar molt la mobilitat.

En Pep anava i venia donant ordres. Jo l'observava. Aquell noi em produïa una estranya atracció. Ell se'n va adonar i em va dedicar un somriure encisador. De seguida vaig apartar la vista. Plovia, sempre plovia. Vaig sortir del mas; m'agradava sentir la pluja. Ell em va seguir. Jo anava tota mullada.

—On t'has ficat tot el matí? —em va preguntar atansant-se cap a mi i retirant-me els cabells mullats de la cara.

—Tenia coses a fer —li vaig dir amb un fil de veu, sense poder apartar els meus ulls dels seus, que eren com la mar. I sense pensar-m'ho dues vegades, li vaig fer un petó als llavis.

Ell va quedar de pedra; no s'esperava aquesta reacció meva. Jo, en realitat, tampoc.

—Vinga, tenim molta feina! —li vaig dir mentre agafava un caixa plena d'explosius i la carregava a un camió.

Des d'aquell moment ens vam fer inseparables. Jo no sabia si els vampirs ens podíem enamorar. Ho ignorava tot sobre l'amor, només sabia el que havia vist a les pel·lícules, o llegit o sentit en alguna cançó. Tenia molts dubtes; desconeixia totalment si em podia relacionar amb un humà. Només hi havia una persona que podia resoldre totes aquelles qüestions, la que ho havia fet fins ara, però jo no estava preparada per a explicar-li els meus sentiments. Tampoc a la Sara. Sabia que era ben igual que parlar amb l'avi.

Una cosa tenia clara: que havia de confessar el meu

secret a en Pep, i això també era molt complicat. No sabia com s'ho prendria. Fantasiejava, pensava que la millor solució era convertir-lo en un vampir i així podríem viure feliços per sempre més tota l'eternitat.

Eren molts obstacles, conscient que a penes feia uns quants dies que ens havien presentat, però era com si el conegués de tota la vida. A més a més, el fet que estiguéssim en guerra ens feia viure al límit, més de pressa. Em concentrava només en el fet que estimava en Pep i m'aferrava a la idea que, si estàvem destinats a estar junts, trobaríem una manera d'aconseguir-ho.

Vam avisar la població perquè es preparessin per a l'evacuació. Semblava que no s'ho acabaven de creure, i això que ens veien cada dia descarregar explosius a dins l'església.

Cada vegada teníem els franquistes més a prop. Vam volar els passos de carretera, el pont de Molins i el de Santa Llogaia. Havíem de dificultar l'avançada franquista per a donar temps als exiliats a arribar a la frontera. Eren els últims dies per a la retirada des de Catalunya.

El pitjor dels nostres malsons s'havia fet realitat: havíem perdut la guerra, la qual cosa va obligar les autoritats republicanes i les institucions polítiques a travessar la frontera camí de l'exili. Els acompanyaren centenars de milers de persones: dones, infants, gent gran, soldats de l'exèrcit republicà, un èxode sense precedents en la nostra història. La població civil, que omplia les carreteres cap a la frontera, va ser bombardejada impunement pels avions rebels que sortien de Mallorca. També es van bombardejar ciutats i poblacions com Barcelona, Granollers, Girona, Figueres, Roses, l'Escala, entre d'altres. L'Alt Empordà es va convertir, per uns dies, en la capital amb la presència dels governants establerts en diferents poblacions.

Dimarts a la tarda vam sentir un gran terrabastall. Una fumerola enorme s'alçava cap al cel: el castell de Sant Ferran de Figueres havia fet explosió. Ara ens tocava a nosaltres.

Dimecres, 8 de febrer de 1939
Llers (Alt Empordà)

Les tropes franquistes continuaven avançant cap a la frontera. Aquest mateix dia, entre altres poblacions, havien entrat a Figueres, Besalú i Santa Pau. El bombardejos se centraven ara en la zona de Roses i la Selva. No hi havia ni un minut a perdre: havíem de volar el polvorí i marxar ràpidament.

El matí es va despertar negre. El sol lluitava per a no fondre's amb els núvols i planava sobre els foscos turons castigats per la pluja. Els trons retrunyien enmig de la tempesta, bufava amb força la tramuntana del Canigó, udolava un vent fred i aspre.

Al cim de la muntanya de Verdera, una enorme foguera que feia bullir una caldera irradiava una llum potent emmarcant centenars d'ombres.

—La caldera va voltant i així hi anirem tirant: un budell emmetzinat —va dir amb veu aspra la Sabana.

I totes van repetir com en una lletania:

—Vara per una, vara per dues, vara per tres, vara per quatre, vara per cinc, vara per sis!

—Pell tendra de serp de riu, ull de llangardaix verdós, granota, llengua de gos, ala de ratapinyada, llengua d'escurçó esqueixada, fibló d'una serp sense ulls, a dins el brou dóna bulls amb una ala de mussol; vés bullint dintre el perol, per fer la sopa infernal; vés bullint, olla fatal! —va continuar la Sabana.

I totes van repetir misteriosament:

—Au, treballa, canta i vola; canta, foc, i bull, cassola! Allò bell és lleig i allò lleig és bell. Flota en la boira un aire espès. Tres per a tu, tres per a mi, tres per a ella. Si- lenci! L'encís és clos.

I van entrellaçar les mans fent una gran rotllana.

—Quan ens tornarem a reunir entre llamps i trons? —va preguntar la Lídia, la bruixa més jove que havia vingut expressament des de Cadaqués.

La Sabana no va respondre, sabedora que a partir d'aquell instant Catalunya s'havia tornat molt perillosa per a les bruixes.

I totes les dones es van convertir en uns ocellots negres que en una gran bandada es van perdre entre els núvols de la tempesta. No bufaven bons temps per a aquelles bruixes llegendàries. Ara tornarien a ser perseguides com ho havien estat antany.

El sol es va amagar i una glopada de tramuntana va bufar sobre el poble que havia quedat desert. Només va ser una alenada. Semblava més un avís que una realitat. En Pep i jo recorríem el carrer cap a l'església; una última inspecció i la fèiem esclatar sense perdre temps. De cop em va semblar sentir un soroll. Vaig pensar que era un gos, però no, vaig reconèixer un home de figura corpulenta i cabells rebels embullats sota un barret, ulleres de cul de got i mostatxo de dimensions considerables armat amb cartutxos de dinamita.

—Senyor Amades! —vaig cridar sense donar crèdit als meus ulls mentre avançava cap a ell.

—Aquest castell ha de desaparèixer, és el cau del mal —em va dir fora de si.

—No hi ha temps a perdre. Emporta-te'l! Jo m'ocuparé de tot —em va dir en Pep.

El senyor Amades, incomprensiblement, havia decidit fer una voladura pel seu compte. Però si esteu interessats en aquesta anècdota de la vida de l'insigne folklorista, Joan Perucho ho explica en un dels seus escrits.

Vaig agafar el senyor Amades per la cintura i el vaig muntar al meu cavall. Gairebé es desmaia en veure la meva força. A tota brida, vaig tornar amb ell on havia quedat amb l'avi i la Sara, un mas a prop de la carretera de Figueres, precisament per on s'acostaven els franquistes al poble. No podíem perdre ni un instant, però necessitàvem ajuda. Eren a pocs quilòmetres, i necessitàvem que algú ens cobrís la retirada.

De cop, un grup d'artillers romanesos anomenats Gheorghe Gheorghiu-Dej que pertanyien a les brigades internacionals i marxaven cap a l'exili van entrar de nou en combat. Van passar davant nostre. Al capdavant, comandant la tropa, un home alt i prim, de nas aguilenc, bigotis negres i barba en punta, el rostre dur i cruel, sensual alhora, amb uns grossos ullals esmolats com els d'un animal. En veure'l, el meu avi va acotar el cap en senyal d'acatament, ben igual que va fer el dip en veure'l sortir de la cripta o la Sara al *Titanic*.

Els soldats es van col·locar al llarg de la carretera de Figueres, més enllà de la qual hi havia els tancs franquistes. Llavors van aparèixer els avions enemics, que van bombardejar a elevada altitud la població, sense distingir soldats ni civils. Tots vam anar cap a les cunetes a posar-nos a cobert de bocaterrosa. Els tancs es van aturar breument. La confusió es va estendre i tots vam començar a

córrer. La meva mirada estava en el campanar de Sant Julià. La brigada internacional va avançar tenaçment uns quants centenars de metres sota el foc. Com a resultat va patir tremendes baixes, intentant cobrir-nos la retirada. Observàvem desesperançats la batalla. Es van replegar una curta distància fins a establir una nova línia més avançada que l'anterior.

Les campanes de l'església de Sant Julià de sobte van començar a tocar a mort. Una gran explosió les va fer callar. El terra es va estremir com si milers de cavalls galopessin, com si s'hagués desplaçat més d'un pam. Tot cruixia i semblava de paper. Els balcons del mas van quedar oberts, els vidres, trencats, i una espessíssima fumera impedia veure res. Fins i tot els vidres de Peralada no van poder resistir l'explosió. Les pedres de l'església van arribar fins al mas. La gent plorava i es lamentava. Finalment, va esclatar la tempesta que portava a les seves gèlides ales una enorme calamarsa que va caure amb molta violència. Les pedres es confonien amb les de l'església i esclafaven fulles i branques que negaven la protecció de les oliveres, com si en lloc d'arbres haguessin estat espigues. Les campanes de bronze de l'església de Sant Pere de Figueres tocaven i tocaven.

En vista d'aquell terrabastall, els franquistes es van batre en retirada. Entre la gran fumarada vaig poder distingir una figura muntant a cavall: era en Pep. Vaig córrer a llançar-me als seus braços. No hi havia temps per perdre, havíem de marxar. El meu avi, la Sara i el dip ens esperaven al cotxe.

En veure que ell no em seguia, vaig moure el cap i vaig desviar la mirada. Em vaig eixugar una llàgrima a la cua de l'ull, tractant de no plorar, decidida a no ensorrar-me.

—T'estimo, Núria. Però no puc acompanyar-vos. Aquí encara faig falta, hem d'organitzar la resistència —em va dir dedicant-me un somriure molt dolç mentre m'acariciava molt suaument la galta.

Les paraules em van colpejar amb força. Amb el rostre pàl·lid, vaig guardar silenci, i en aquella llarga pausa vaig començar a plorar.

Ell em va envoltar amb els braços i em va estrènyer contra el seu cos. Vam romandre una llarga estona així, fins que vaig retrocedir per mirar-lo. Es van unir els nostres ulls en comptes dels nostres llavis, i així ens vam acomiadar.

La pluja no cessava, queia amb força. Vam anar cap al cotxe. En Pep em va obrir la porta. Em vaig acomodar al costat del dip, que de seguida va córrer a reconfortar-se a la meva falda. Ell em va somriure dèbilment mentre tancava la porta del cotxe. Tot i la pluja, vaig abaixar la finestreta per veure'l una vegada més amb claredat. Llavors l'avi va engegar el motor.

En Pep va posar la mà sobre el capó del cotxe i els seus dits van relliscar sobre la superfície mullada. La pluja queia amb força, convertida en tempesta que li amarava la pellissa. Es va quedar dret enmig de la carretera. Jo el mirava pel vidre del darrere del cotxe. Cada vegada hi havia més distància entre tots dos, fins que el vaig perdre de vista. Mai no m'havia sentit tan sola.

I vam marxar camí de l'exili. El camí de tornada a Llers havia desaparegut.

Divendres, 1 de gener de 1954
Madrid

El temps era fred, desagradable i tallant, amb boira. Els campanars de la ciutat acabaven de tocar les cinc, però ja gairebé era fosc. No hi havia hagut llum en tot el dia. La boira era tan densa que les cases del davant no eren més que ombres.

El comte Estruc va entrar tan suaument que cap soroll no va fer advertir la seva presència. Va aprofitar aquesta circumstància per a examinar l'habitació durant uns instants. A dins, hi havia un home assegut en una butaca i inclinat sobre la taula gairebé a les fosques. El comte es va col·locar darrere seu. No li podia veure més que l'esquena i la part posterior del cap. Va reconèixer fàcilment Millán Astray. S'hi va aproximar a poc a poc, solemnement i silenciós.

Anava embolicat amb una capa de profunda negror que li amagava el cap, la cara, les formes... Només deixava a la vista una mà aferrada a una espasa; si no fos per això, hauria estat difícil albirar la seva figura en la nit i diferenciar-la de la foscor que l'envoltava. L'horror va fer estremir Millán en saber que uns ulls fantasmals estaven fixament clavats en ell mentre els seus propis ulls, forçats al màxim, no podien veure més que una espasa i un embalum negre. Tenia tanta por de la silenciosa figura que li tremolaven les cames.

I de cop es va posar a riure, davant la mirada atònita del comte Estruc. Quan Millán Astray reia, cosa poc freqüent i molt terrible, els seus llavis prims se separaven i deixaven veure no tan sols les dents corcades, sinó també les genives, i al voltant del nas es formava un plec voluminós i ferotge com sobre el musell d'una fera carnívora. L'Astray seriós era un gos de presa; quan reia, era un tigre. Quant a la resta, tenia poc crani, molta mandíbula, els cabells li tapaven la cara i li queien sobre les celles; la mirada fosca, la boca frunzida i temible, i un gest ferotge de comandament.

—T'ha enviat el Führer! No ha mort! N'estava completament segur, un guerrer com ell no es podia haver suïcidat. Això són mentides dels bolxevics! I Franco ja ho sap?

—On és l'agenda? —li va preguntar el comte amb una veu greu.

—Quina agenda? —va fer estranyat Millán Astray.

—La de la vampira de Barcelona.

—I per què la necessiteu, aquesta agenda? —va preguntar suspicaç i una mica més intranquil, mentre mirava de cua d'ull un gran quadre amb un paisatge pintat que penjava de la paret.

—Es tracta d'una ofensa. Com bé sabeu, l'ofensa és com un bon haiku: es pot ignorar, desconèixer, perdonar o esborrar, però mai no es pot oblidar.

El comte, per observar millor aquell quadre, li va donar l'esquena, amb els artells tensos sobre l'empunyadura de l'espasa.

De sobte, Millán va treure de sota la taula una catana de ferro ennegrit i bronze amb un gravat en relleu d'una escena de batalla del samurai en plata i or, i amb el mànec de pell fina amb un cordó de cotó marró japonès. Es va posar dret i, amenaçant el comte amb l'arma, va dir:

—No hi ha més que una vida ni sacrifici més gran que donar-la. El més bell i noble és que sigui per a Déu i per a la pàtria. *¡Viva la muerte!*

El comte també va brandar la seva pesant espasa i es va quedar observant aquell home que tant havia buscat: la mànega buida d'un braç perdut, un pegat negre sobre un ull i una costura al llarg de la galta. No tenia cap intenció de batallar amb aquell humà.

—Morir, dormir: res més...

En repetir les paraules del poeta, el comte exasperà Millán.

—Un home que té una espasa a la mà i a la punta veu un enemic i no es bat és un covard.

El comte, per tota resposta, li va retorçar la mà fins que va deixar anar el puny de la catana. Tenia uns dits endurits i d'una força aterridora. Va observar la debilitat dels humans; no hi havia cap honor en batre's amb aquell vell, que era a les portes de la mort. No necessitava la seva espasa per a matar-lo. Va baixar la pesant espasa fins que la punta va tocar el terra.

—La mort no és eterna, el deshonor sí. No veig cap honor a batre'm amb tu.

—Covard, covard —repetia Millán Astray brandant la catana una altra vegada. En la seva agonia va agafar la capa del comte.

El comte va embeinar l'espasa. Havia anat a buscar l'agenda, i és exactament el que faria. Darrere aquell quadre del qual Millán no podia apartar la vista, hi havia una petita caixa forta dissimulada en una paret. La va

obrir sense cap esforç i en va treure una llibreta folrada de pell. Finalment, havia aconseguit la famosa agenda de l'Enriqueta Martí.

Va donar una última ullada a Millán Astray, que seia agafat a la catana, derrotat, dolgut en el seu orgull, per no haver fet realitat el seu desig de batre's amb un vampir. El comte Estruc va sortir per la finestra.

Millán Astray va arrossegar la catana i el seu cos cap a la finestra. El comte havia desaparegut. Mirava al cel il·luminat per la lluna. Va observar una gran ratapinyada que planava aletejant en la seva silenciosa i fantasmal travessia cap a l'est. Les ratapinyades generalment giren en cercles indecisos, però aquesta semblava anar directament, com si sabés on es dirigia o com si tingués les seves pròpies intencions. Els campanars de la ciutat van tocar deu campanades a l'uníson.

L'endemà al matí, els diaris donaven la notícia: «A les deu de la nit ha deixat d'existir a Madrid el general Millán Astray, director general de mutilats de guerra. Estava malalt d'una afecció cardíaca feia uns quants mesos».

Dijous, 4 de febrer de 1954
Barcelona

Una enorme foguera que feia bullir una caldera irradiava una llum potent i emmarcava les ombres de dues dones al cim de la muntanya de Montjuïc.

—La caldera va voltant i així hi anirem tirant: un budell emmetzinat —va dir amb veu aspra la Sabana.

I ella i la Lídia van dir fent un bisbe:

—Vara per una, vara per dues, vara per tres, vara per quatre, vara per cinc, vara per sis!

—Pell tendra de serp de riu, ull de llangardaix verdós, granota, llengua de gos, ala de ratapinyada, llengua d'escurçó esqueixada, fibló d'una serp sense ulls, a dins el brou dóna bulls amb una ala de mussol; vés bullint dintre el perol, per fer la sopa infernal; vés bullint, olla fatal! —va continuar la Sabana.

I totes dues van repetir misteriosament:

—Au, treballa, canta i vola; canta, foc, i bull, cassola! Allò bell és lleig i allò lleig és bell. Flota en la boira un aire espès. Tres per a tu, tres per a mi, tres per a ella. Silenci! L'encís és clos.

I van entrellaçar les mans fent una rotllana.

De cop, Barcelona va quedar completament freda, davant la mirada atònita dels barcelonins darrere els vidres amb l'aire condensat en gel. Molts anys feia que l'aire no els portava aquest missatge tallant. En la memòria de la ciutat s'havien perdut dies com aquell. A tota la ciutat, la temperatura era sota zero. Un sol vermellós i baix jugava amb la seva llum freda entre el plom dels núvols amb neu, fins que es va amagar per sempre. La font de la plaça de Catalunya es va gelar.

Una tempesta d'aiguaneu i calamarsa va assotar la ciutat. En contrast amb la blanca i llisa capa de neu de les teulades i amb la neu més bruta del terra, les façanes de les cases semblaven negres i les finestres encara més. Al carrer, les rodes de cotxes havien llaurat uns solcs que s'entrecreuaven centenars de vegades en les interseccions de les grans avingudes. El cel era fosc i una boirina, mig fosa mig gelada, ho envaïa tot. En la neu van quedar reflectides les petjades d'un home amb una capa negra i una espasa lligada a la cintura; caminava lentament, pensarós, amb les mans a les butxaques, la neu esmorteïa el soroll de les seves passes. La primera visita a la Torre del Baró. El meu avi sabia ser pacient i meticulós; feia molt de temps que preparava aquella operació. En tot just vint-i-quatre hores es va desfer de tots els vampirs que hi havia a la llista.

De la nit al dia, de la ciutat de Barcelona van desaparèixer afamats escriptors, rics empresaris, nobles, polítics... Era com si les entranyes de la terra se'ls haguessin empassat. Però ningú no va preguntar, no hi va haver cap investigació. Tots tenien en comú un passat escabrós, a més de ser adeptes al règim franquista. Havien vençut el pas del temps d'una manera impertèrrita; en conseqüència, la majoria dels seus éssers més pròxims havien mort o els havien abandonat. A la resta els tenien por per la seva extrema crueltat i la desconfiança per la seva estranya aparença.

El cap d'un afamat notari va aparèixer passats uns quants dies surant pel port de Barcelona. Era un avís per si havia quedat algun cap per a lligar.

I una altra vegada una gran tempesta, llamps i trons, molta aigua que es va endur la neu. Les dues dones es van convertir en uns ocellots negres que es van perdre entre els núvols, mentre l'ombra d'un dip emprenia el camí cap a Llers.

Mai no sabré del cert si el comte Estruc va fer justícia o si, convertit gairebé en un humà, va ser la venjança d'un avi per tot el mal que havien fet a la seva néta.

Epíleg

Vaig aixecar la vista i el vaig veure, majestuós, el castell de Llers, la memòria de les pedres. La tenacitat del meu avi i els fons de la Unió Europea van aconseguir restaurar-lo per complet, pedra a pedra. Res no feia pensar que havia volat pels aires feia més de setanta anys. Havíem canviat de segle, havien passat els anys; però, en contemplar la torre, em va semblar que havia fet un viatge en el temps.

En arribar a Girona en un vol privat, la tempesta ens va acompanyar fins a Llers, on ens va rebre un noi jove, de cabells rossos, amb vestit jaqueta i una corbata que li feia joc amb els seus ulls blaus grans i una mica ingenus. Va obrir la porta del cotxe, amb un paraigua per a protegir-me de la pluja. Vaig quedar de pedra.

—Senyoreta Arnau, sóc en Josep Nadal, marmessor del seu avi.

—Ens coneixem? —li vaig preguntar amb un fil de veu.

—No ho crec, senyoreta. Una dama com vostè és impossible d'oblidar.

El fèretre, sempre tancat, cobert per la senyera i una espasa al damunt, va ser traslladat en processó sobre un carruatge arrossegat per quatre cavalls negres. Tronava, plovia, es feia quasi impossible avançar.

Al llarg del recorregut del seguici mortuori, els veïns anaven tancant les portes i finestres. Ningú no havia oblidat el comte Estruc, el vampir de Llers. El funeral va ser amb honors. L'alcaldessa de la població, un representant del govern, la Sara i jo, totes dues vestides de rigorós dol, amb un vel negre que ens cobria el rostre, un noi jove ros i un gos negre, pelut i coix, formaven tot el seguici, cares pàl·lides i malaltisses a l'abric d'uns paraigües regalimant aigua. En arribar al castell, el comte Estruc va ser sepultat a la mateixa cripta on ja havia estat molts anys enrere. Al poble es va decretar dol oficial i les banderes van onejar a mitja asta.

Els trons retrunyien enmig de la tempesta, bufava amb força la tramuntana del Canigó, udolava un vent fred i aspre. Tocaven les campanes de l'església de Sant Julià, bordaven els gossos. Les bruixes de Llers dominaven el vent i les tempestes. Al cim de la muntanya de Verdera s'havien reunit tots els seus esperits per honorar aquell qui havia estat el seu enemic. Una enorme foguera que feia bullir una caldera irradiava una llum potent emmarcant les seves ombres.

—Au, treballa, canta i vola; canta, foc, i bull, cassola! Allò bell és lleig i allò lleig és bell. Flota en la boira un aire espès. Tres per a tu, tres per a mi, tres per a ella. Silenci! L'encís és clos.

I van entrellaçar les mans fent una rotllana.

***

En obrir les pesants parpelles, l'avi es va veure sumit en la foscor, la intensa i absoluta falta de llum de la nit que dura per sempre. Va percebre una aroma de pols i de vellut vell. De seguida va reconèixer la sensació, però aquesta vegada no tornava de la mort. S'havia adormit durant el llarg viatge. L'avi va empènyer amb una energia sobrehumana la llosa que el cobria fins a deslliurar-se'n. A la porta de la cripta l'esperava el dip. En veure'l, va acotar el cap fent un senyal d'acatament. El comte li va acariciar el clatell i aquest li va llepar els dits.

Llavors, en la tenebra de la nit, es va sentir el llarg i lúgubre udol d'un gos, com si tingués por. Una por que es va encomanar als gossos del castell, que bordaven embogits. La Sara els va fer callar de seguida. Van entrar a les seves estances privades sense ser vistos, on els esperàvem la Sara, en Josep Nadal i jo.

En veure'l, em vaig llançar als seus braços amb llàgrimes als ulls.

—És millor així, estic cansat —em va dir l'avi mentre m'acariciava els cabells.

En Josep ens va fer seure i va obrir una carpeta farcida de papers que duia a la mà.

—Està tot en ordre? —li va preguntar l'avi.

—Sí, senyor.

—Núria, ets l'única hereva de tots els meus béns. Has de saber que ets una dona immensament rica. No has de patir per res. En Josep té instruccions molt concretes perquè puguis continuar fent la teva vida. L'única cosa que has de decidir és on vols viure. Vols tornar a Suïssa?

A mi el cap m'anava com unes debanadores. L'avi feia molts mesos que intentava que jo respongués als seus dubtes. Jo evitava prendre decisions, ho havia retardat fins al darrer moment esperant que finalment aquest desenllaç no succeiria.

—No, em vull quedar aquí.

—A Llers? —em va preguntar l'avi—. El castell està completament condicionat.

—No, a Barcelona.

—Aquí té diverses propietats on pot triar. Li puc recomanar la torre de Pedralbes, és un lloc molt acollidor —em va suggerir en Josep—. I hi pot entrar a viure avui mateix. Si tria qualsevol altre lloc, no pateixi, que el condicionarem de seguida.

Mentre en Josep parlava, jo llegia la llarga llista de propietats que tenia el meu avi. En buscava una de concreta. Estava segura que seria seva i, finalment, la vaig trobar: entresòl, primera porta del carrer de Ponent, 29, Barcelona.

—Vull viure al Raval —vaig dir assenyalant amb el dit índex l'adreça.

De cop es va fer un gran silenci, els ulls blaus, grossos i ingenus d'en Josep es van il·luminar.

—Què et sembla, Pepito? Amb una bona mà de pintura pot ser un bon lloc per a viure? I sí, sí que ens van presentar, ara fa molts anys, i estic convençuda que no m'has oblidat. Els meus petons deixen empremta.

En Josep va somriure mostrant-me els ullals i em va fer una forta abraçada. M'hauria agradat molt fer-li un petó molt dolç, però aquell no era el moment. Per uns instants, vaig oblidar el motiu de la nostra trobada.

Va ser un comiat molt llarg, trist i silenciós. Havia arribat el moment. L'avi no va voler que ningú l'acompanyés en els seus darrers moments; només el dip i la seva espasa. Va entrar a poc a poc a la seva habitació i va tancar la porta rere seu.

***

—*Alea iacta est* —va dir al mirall.

Finalment s'havia decidit; havia d'esperar que el conjur de la Sabana fes efecte. No esperava que fos tan immediat. De cop es va sentir molt cansat, envellit i debilitat, en decadència, fins al punt de no saber amb certesa si podria sobreviure al trauma corporal d'un canvi brusc.

Va sentir una gran curiositat i es va tornar a mirar en el gran mirall de la paret. Incrèdul, amb els ulls com unes taronges, no podia apartar la vista d'aquell mirall. Semblava impossible el que li certificaven. El seu rostre mostrava uns solcs profunds. L'empremta del temps hi estava marcada fermament. Havia envellit en un tres i no res. Tenia les galtes flàccides i els seus ulls es veien petits, opacs i engroguits com el vori. El color de la seva pell s'estava apagant, i els seus cabells s'havien tornat blancs i prims, escassos com els bigotis. El coll arrugat, les mans amb gruixudes venes blaves i el cos encorbat. I de cop va sentir com el cor li va tornar a bategar de pressa, amb batecs forts i irregulars.

L'avi no va poder evitar somriure. Es va tornar a mirar amb el desig d'entreveure un cop més l'home jove que hi havia al seu interior. I va donar la benvinguda al vell conegut que li retornava la imatge del mirall, el mateix mirall que molts i molts anys enrere li va certificar que s'havia convertit en un vampir. Va seure una altra vegada al llit i es va cobrir la cara amb una mà, esperant que desaparegués aquella sensació d'atordiment. Estava presenciant el final.

—Ser o no ser, aquest és el dilema. És més noble sofrir calladament les fletxes i els embats d'una fortuna indigna o alçar-se en armes contra un mar d'adversitats i eliminar-les combatent? Morir, dormir: res més... I si dormint s'esborren tots els mals del cor i els mil estigmes naturals heretats per la carn, quin desenllaç pot ser més desitjat? Morir, dormir... dormir... i potser somiar... Sí, aquest és l'obstacle: no saber quins somnis acompanyaran el son etern, un cop alliberats d'aquesta pell mortal, és el que ens frena i fa que concedim tan llarga vida a les calamitats. Per què aguantem, si no, l'escarni d'aquests temps, el jou dels opressors, el greuge dels superbs, l'amor burlat, la lentitud de la justícia, l'orgull de qui té un càrrec o el desdeny dels ineptes pel mèrit pacient, quan un mateix pot liquidar els seus comptes amb una simple daga? Qui arrossegaria el pes d'aquest bagatge tan feixuc tota una vida de suors i planys, si no fos que el temor d'alguna cosa més enllà de la mort, aquell país inexplorat del qual no torna mai cap viatger, confon la voluntat i fa que preferim patir mals coneguts que fugir cap a uns altres que desconeixem? I així la consciència ens fa covards a tots, els colors naturals del nostre impuls empal·lideixen sota l'ombra de la reflexió, i empreses de gran pes i gran volada per aquesta raó desvien el seu curs, i perden el nom d'accions... Però silenci... La bella Núria!... Nimfa, en les teves oracions recorda tots els meus pecats.

I, tot recitant els versos de Shakespeare, el comte Estruc, el meu estimat avi, es va quedar adormit per sempre més.

El dip va deixar anar un udol tan esgarrifós que va ressonar per les muntanyes, entre els trons d'una enorme tempesta.

***

I arribats en aquest punt, crec que ja us ha quedat bastant clar que hi ha molta literatura, com deia el meu estimat avi, sobre els vampirs. Ni els alls, ni els crucifixos, ni la plata no ens arronsen el melic. Ens podem veure als miralls ben igual que els humans, i els resultats són els mateixos: uns som més ben plantats que uns altres. Un tema ben diferent és el de la llum del sol i la necessitat d'alimentar-nos de sang.

El meu avi va dedicar gran part de la seva fortuna a investigar ambdós casos; és per això que molts pavellons d'hospitals d'arreu del món porten el seu nom. El sol és la nostra kriptonita particular. Ens pot matar. La seva llum ens debilita, al mateix temps que ens provoca cremades de quart grau. Un equip de científics han fabricat una espècie de granota que em cobreix tot el cos, amb una tela semblant al neoprè però molt més fina, que em protegeix totalment. A més a més, un grup de químics especialistes en cosmètica han aconseguit una crema que forma com una carasseta que em salvaguarda totalment de la llum. El problema és que no em puc maquillar. Sort que el meu aspecte continua sent com el d'una jove adolescent.

Un tema a banda és el de la sang. El meu avi va renunciar a prendre sang d'éssers humans des de la seva estada als Carpats. Des de llavors només s'alimentava de sang d'animals.

Som els propietaris d'una de les principals empreses mundials de ramaderia ecològica, un sistema productiu amb l'objectiu fonamental d'obtenir aliments sans de la màxima qualitat mitjançant la utilització òptima i racional dels recursos, respectant el medi ambient, el benestar animal i sense emprar substàncies químiques de síntesi.

La Sara i l'avi es van convertir en uns autèntics enòlegs de la sang; havien aconseguit una qualitat molt alta del preuat líquid. I en uns *sommeliers* experimentats en el seu consum. De primer se'n servien una petita quantitat, la deixaven reposar uns instants i després l'ensumaven. El primer sentit que s'usa és la vista. El color de la sang expressa l'edat de l'animal. De seguida es «desperta la sang» en girar suaument la copa, que s'acosta al nas per adonar-se si està o no està en condicions. És important tenir la copa adequada, en forma de tulipa i la boca una mica més tancada perquè les aromes no s'escapin i s'apreciïn millor. Se'n fa un petit glop i, si tot és correcte, llavors ja es poden omplir les copes.

El meu avi tenia investigant des de feia molts anys uns hematòlegs que van aconseguir sintetitzar la sang i aconseguir-me un tractament, ben igual que el de la diabetis. Ara m'injecto sang tres vegades al dia, amb una ploma de sang, un mètode pràctic, ràpid i molt fàcil d'aplicar. Funciona com una xeringa. S'assembla a les plomes que fem servir per a escriure, però té una petita agulla en un extrem. Una llàstima que no en puguin difondre el descobriment. De segur que eren mereixedors d'un Nobel. L'únic problema és que no puc prendre proteïna animal, i ara sóc vegetariana.

La Sara és la que s'ocupa dels negocis familiars. Ha marxat a viure a Suïssa. Jo he preferit quedar-me a Barcelona. He obert un petit estudi d'arquitectura a l'entresòl, primera porta, del carrer de Ponent, 29, al barri del Raval. Els meus desitjos s'han acomplert. No estic sola: l'ombra del dip continua acompanyant-me allà on vaig i en Pepito ara és en Pep, i no és el meu germà, sinó el meu company en aquesta llarga vida.

De vegades em cabusso en la memòria per recordar qui sóc. Després d'haver viscut tant, sóc conscient que els bons temps no són per sempre i visc en guàrdia esperant que se'm presenti la cara del mal, que estic segura que em persegueix i m'aguaita.

I quant al segon desig, he recollit el testimoni del meu

avi i sóc la guardiana del secret que li va confiar la vella Sabana. Ser o no ser, aquest és el dilema, com ens va ensenyar el poeta, morir, dormir: res més... I si dormint s'esborren tots els mals del cor i els mil estigmes naturals heretats per la carn, quin desenllaç pot ser més desitjat? Morir, dormir... dormir... i potser somiar...

Glossari

«Ser o no ser». És la primera línia d'un soliloqui de *Hamlet*, de William Shakespeare escrita pels volts del 1600 (acte tercer, escena primera). És una de les citacions més famoses de la literatura universal i la més coneguda d'aquesta obra en particular.

Angeleta. Nena de cinc anys, segrestada per l'Enriqueta Martí, va declarar que era filla seva i després va dir que l'havia robada a la seva cunyada en néixer. Després del segrest, moltes famílies la van visitar amb l'esperança que fos la filla que havia desaparegut o que els havien robat, però cap matrimoni no la va reconèixer.

Benjamin Guggenheim (1865-1912). Empresari nord-americà, el cinquè dels set fills del magnat dedicat a la mineria i la metal·lúrgia Meyer Guggenheim. Va tenir tres filles, una de les quals va ser la mecenes Peggy Guggenheim. Va morir tràgicament en l'enfonsament del *Titanic*.

Brigada Ribot. Director de la investigació del cas de l'Enriqueta Martí. Juntament amb el guàrdia Asens va detenir la vampira.

Brigades Internacionals. Unitats militars formades per voluntaris d'esquerra vinguts d'arreu del món per lluitar contra el feixisme en la Guerra Civil, a favor de la República. Un grup de romanesos, amb el nom de «Gheorghe Gheorghiu-Dej», va formar part d'una divisió d'artilleria pesant. El 23 de setembre de 1938, d'acord amb la decisió del Govern republicà, els artillers romanesos, amb la resta dels internacionals, es van retirar del front tot i que, el 1939, els voluntaris artillers romanesos van entrar de nou en combat a Llers per cobrir la retirada dels civils que fugien de les tropes franquistes.

Capità Edward J. Smith (1850-1912). Marí mercant britànic, famós per ser el capità més prestigiós de la White Star Line i ser el primer i únic capità del *Titanic*, on va morir en l'enfonsament.

Carles Fages de Climent (1902-1968). Narrador, dramaturg, poeta, crític d'art i literari, i periodista.

Carrer de Ponent (barri del Raval, Barcelona). Actualment, carrer de Joaquim Costa. Des del 1849 fins al 1923, aquesta via es va denominar carrer de Ponent. No solament va ser el carrer de la famosa vampira, sinó que també va ser conegut per ser l'escenari de nombroses revoltes socials, fins al punt que popularment en deien «el carrer de les barricades». Entre la gran quantitat de manifestacions obreres i protestes polítiques que hi van tenir lloc, destaquen les revoltes del 1823 contra les forces absolutistes dels Cent Mil Fills de Sant Lluís, els enfrontaments del 1909 durant la Setmana Tràgica o la revolta contra la celebració del Rosari de l'Aurora el 1868, esdeveniment que va encunyar l'expressió popular «acabar com el Rosari de l'Aurora».

Castell de Llers. Des del segle X fins avui, el castell de Llers, a mans de religiosos, nobles i pagesos, ha viscut diverses guerres i ha patit els efectes de la gran explosió d'un polvorí a l'església el 1939 que va destruir gairebé tot el poble. Durant el segle XII va ser la llar del primer vampir català, un vell guerrer que, convertit en vampir, xuclava la sang i atemoria la població.

Comte Estruc. Hi ha diverses versions sobre la llegenda, però totes parlen d'un noble del final del segle XI o el començament del XII convertit en un vampir que terroritzava el poble de Llers i tota la rodalia. El comte Estruc va ser enviat al comtat de Besalú per lluitar contra el paganisme. Va condemnar unes bruixes a la foguera i aquestes li van llançar un malefici que el va convertir en un no-mort. Residia al castell de Llers.

Dip. Ésser mitològic, mena de gos malvat i pelut, emissari del dimoni, que és coix d'una cama. Viu de xuclar la sang de la gent. A l'escut de Pratdip (Baix Camp), s'hi pot veure una imatge d'aquest gos.

Edith Rosenbaum (1879-1975). Periodista de 34 anys que va embarcar al *Titanic* en primera classe. Més coneguda com a Edith Russell, va ser una de les primeres dones corresponsals de guerra de la història.

Emma Bucknell (1852-1927). Passatgera supervivent del *Titanic*. Durant el viatge tenia 59 anys. Va confessar que tenia el pressentiment que passaria alguna cosa dolenta.

Enriqueta Martí i Ripollès (1868-1913). Coneguda popularment com la «vampira del carrer de Ponent», la «vampira del Raval» o la «vampira de Barcelona». Va ser una assassina en sèrie, segrestadora i proxeneta de nens. Deu van ser les criatures identificades com a víctimes de l'Enriqueta que es van incloure en el sumari.

Eugeni d'Ors (1881-1954). Assagista, periodista, filòsof i crític d'art. La seva principal aportació a la literatura catalana és el «Glosari», columna diària, signada amb el pseudònim de Xènius, a *La Veu de Catalunya*. Va aplegar algunes de les «gloses» en volums com ara La Ben Plantada (1911).

Joan Amades i Gelats (1890-1959). Destacat etnòleg i folklorista català. De jove va ser drapaire i el van interrogar durant les investigacions dutes a terme en el cas de l'Enriqueta Martí. Amades va assegurar que la dona acudia a ell per vendre pa sec i que durant aquesta transacció no parlava ni tenia més tracte amb ella. A «Les desventures d'un jove antropòleg», un text atribuït a Joan Perucho per alguns autors, tot i que alguns especialistes ho neguen, amb gràcia i humor converteix Amades en un personatge que intenta durant la Guerra Civil fer saltar per l'aire el castell de Llers per esborrar el rastre del vampir.

John Jacob Astor IV (1864-1912). Militar amb el grau de coronel de reserva, escriptor i destacat empresari pertanyent a l'alta societat nord-americana que va morir tràgicament en l'enfonsament del *Titanic*.

Josep Asens. Guàrdia municipal del Raval durant l'any 1912 i persona clau per resoldre el «cas de la vampira del Raval». El guàrdies municipals que van intervenir en aquest cas van rebre un recompensa de 500 pessetes, de les quals van fer beneficiàries les nenes segrestades. Aquest va ser l'últim gran servei fet pels guàrdies de la Guàrdia Municipal. L'any 1921 va ser definitivament dissolt el cos, després de 78 anys de història.

Les Bruixes de Llers. Poemari publicat el 1924 per Carles Fages de Climent, amb il·lustracions de Salvador Dalí i pròleg de Ventura Gassol.

Lídia Noguer i Sabà (1866-1946). Filla de la Sabana, l'última bruixa de Cadaqués. Va fer de casa seva una fonda i va allotjar els joves Picasso i Eugeni d'Ors. Lídia, fascinada per la figura d'Eugeni d'Ors, va començar a creure que ella era la Ben Plantada, un personatge fictici que aquest havia creat a *La Veu de Catalunya*. Lídia creia que el Mestre es comunicava amb ella a través d'aquests articles. Salvador Dalí i Josep Pla, entre d'altres, la van conèixer i fins i tot li van reservar un espai a les seves obres.

Margaret Brown (1867-1932). Supervivent del naufragi del *Titanic*. Va ser batejada popularment després de la seva mort com la «insubmergible Molly Brown». Va col·laborar amb el comitè americà per la França devastada durant la Primera Guerra Mundial. Va ser condecorada amb la legió d'honor.

Matrimoni Peñasco. El madrileny Víctor Peñasco i la seva esposa María Josefa Pérez de Soto eren membres de dues adinerades famílies. Van decidir embarcar en primera classe al *Titanic* amb destinació a Nova York per posar el colofó a la seva lluna de mel. María Josefa es va salvar, però el cos de Víctor mai no va ser trobat.

Millán Astray (pare) (1850-1923). José Millán Astray, advocat gallec, alt funcionari de presons, director de diversos penals (entre d'altres, els de València, Saragossa, Ceuta i Madrid). Sotscap de la policia judicial, director de l'Escola Policial, comissari de vigilància de Madrid (1906-1911) i cap de policia governativa de Barcelona (1911-1915). Va ser imputat en la trama de l'escandalós i popular «crim de Fuencarral» (va ser assassinada una rica vídua que vivia en aquest carrer). Quan aquest succés va tenir lloc, exercia com a director interí de la Presó Model madrilenya.

Millán Astray (fill) (1879-1954). José Millán Astray Terreros, fundador del terç de la Legión, que va manar quan era tinent coronel. Va ser la persona que més influència va exercir en la formació moral i ideològica de Franco. Era un apassionat de la cultura japonesa, en particular del *bushido*. Va participar diverses vegades en missions militars i polítiques a l'estranger, on va conèixer personalitats com ara Joffre, Pétain, Lyautey i Mussolini. Va visitar unes quantes vegades Amèrica, on el van rebre presidents de diverses nacions. El 1936, en esclatar la Guerra Civil, era a l'Argentina, va tornar ràpidament a Espanya i es va incorporar a l'exèrcit rebel de Franco, on va ser nomenat director de propaganda, premsa i ràdio. En acabar la Guerra Civil, Franco el va nomenar cap del Cos de Mutilats de Guerra per la Pàtria, càrrec en què es va mantenir fins a la seva mort.

Pepito. Una de les víctimes de l'Enriqueta Martí, era un nen ros d'uns cinc anys i ulls blaus. Segons declaracions de l'Angeleta, va ser testimoni de com el matava l'Enriqueta. El cas mai no es va resoldre i del nen no es va tenir cap notícia.

Princesa Amen-Ra. Va viure cap al 1450 aC a Egipte. En morir, el seu cos va ser momificat i dipositat en un sarcòfag reial a Luxor. Per assegurar-ne el descans etern, es va fer una advertència: aquell que interrompés el descans de la princesa, rebria una maledicció fins a la fi dels seus dies. Van passar uns 3.400 anys fins que, accidentalment, van trobar el seu sarcòfag en una zona d'excavació, al segle XIX. La mòmia va passar de mà en mà i tots els seus posseïdors van patir desgràcies. Diu la llegenda que van decidir enviar-la als Estats Units el 1912, a bord del famós *Titanic*, i que la maledicció d'Amen-Ra va poder ser la causant de l'enfonsament del vaixell.

Ricard I d'Anglaterra (1157-1199). Rei d'Anglaterra des del 6 de juliol de 1189 fins a la seva mort. Anomenat Ricard Cor de Lleó per la seva reputació com a gran combatent i líder militar, va ser el principal comandant cristià durant la tercera croada. El desembre del 1192, Ricard va tractar de tornar a Anglaterra des de Terra Santa, però el seu vaixell va encallar prop d'Aquilea, succés que va forçar Ricard i els seus partidaris a seguir una perillosa ruta terrestre per l'Europa central, disfressats de pelegrins. Va ser identificat perquè portava un anell luxós i per la seva insistència a menjar pollastre rostit, una delicadesa de l'aristocràcia. Ricard va ser capturat prop de Viena per Leopold V d'Àustria, que el va mantenir captiu a Dürnstein.

Sabana. Dolors Sabà, mare de Lídia Noguer. La Sabana era l'última bruixa de Cadaqués. Es diu que feia esmunyedissa la pesca, marcia l'amor dels amants i portava la malastrugança a les cases. Se li atribueixen la facultat de convertir-se en ocell, de viatjar a velocitats inusitades i de controlar els agents atmosfèrics.

Tereseta Guitart Congost. La darrera víctima de l'Enriqueta Martí. Va ser segrestada el 10 de febrer de 1912 i alliberada al cap de dues setmanes. Va tornar amb els seus pares i va morir amb més de 90 anys a la ciutat de Barcelona.

Titanic (*Royal Mail Steamship Titanic*). Fou varat el 1911 i va entrar en servei l'any següent. Era el vaixell de passatgers més gran i luxós de l'època juntament amb el RMS Olympic. Durant el seu viatge inaugural entre Southampton (Gran Bretanya) i Nova York, la nit del 14 al 15 d'abril del 1912 va xocar amb un iceberg, fet que va provocar el seu enfonsament i la mort de més de 1.515 persones (d'un total de 2.224).

Vlad Tepes. Va viure al segle XV. Va ser príncep de Valàquia, territori que juntament amb Moldàvia i Transsilvània va formar el regne de Romania. L'escriptor irlandès Bram Stoker es va inspirar en ell per crear el seu personatge del comte Dràcula.

William Shakespeare (1564-1616). Dramaturg, poeta i actor anglès, considerat com un dels més grans de la literatura universal.

Aquí acaba aquest llibre
escrit, il·lustrat, dissenyat, editat i imprès
per persones que estimen els llibres.
Aquí acaba aquest llibre que tu has llegit,
el llibre que ja ets.